ROMANCE

O Expresso Balnesul

A um Passo da Eternidade

LAURO TREVISAN

O Expresso Balnesul

A um Passo da Eternidade

EDIÇÃO DE LANÇAMENTO
- Julho 1995 -

Editora e Distribuidora da Mente
Santa Maria - RS - Brasil

Lançamento: julho de 1995
Capa: Sérgio Miguel

EDITORA DA MENTE

Pedidos: Editora e Distribuidora da Mente Ltda.
Rua Tuiuti, 1677 - Caixa Postal: 955
97015-663 - Santa Maria - RS - Brasil
Fone: (055) 221.6020 - Fax: (055) 221.7184

CAPÍTULO 1

- Dr. Girard, por favor, as duplicatas venceram, fomos excessivamente tolerantes e não temos condições de esperar mais - explicou Anatole Saliero, quase suplicando.

- Calma, Saliero! - repetiu, pela milésima vez, Girard.

- Calma, calma, calma - irritou-se Anatole - é só isso que o senhor vem dizendo há meses.

- Olha, Dr. Girard - entrou na conversa Antônio Belí, sócio de Saliero - há meses que esperamos pelo pagamento da fabricação do Expresso Balnesul. Fizemos o trem turístico mais moderno e luxuoso do mundo, sua Companhia está faturando altíssimo e nós só recebemos migalhas. Estamos a caminho da falência por sua causa e isso eu não vou permitir jamais. Se a sua Companhia não quitar imediatamente a dívida, vai se arrepender pelo resto da vida. Não sou homem de engolir calotes.

A ameaça de Belí deixou Girard pálido.

Aí estavam duas personalidades opostas. De um

lado, enrolando conversa e buscando tirar proveito financeiro por caminhos escusos, o doutor Girard; de outro lado, um homem férreo, cioso dos seus direitos, sem papas na língua, e duro na reivindicação do que lhe pertencia.

Já Anatole Saliero era do tipo conciliador, que se submetia a dar tempo ao tempo. Só que agora a empresa estava mal, sem capital, endividada, tudo porque a Companhia Balnesul não pagava a construção do Expresso, trem super-luxo, todo feito nas oficinas dos reclamantes.

A situação tornava-se cada vez mais tensa e perigosa, na cobertura da Central Expresso Balnesul, prédio de quinze andares, na avenida principal da cidade de Andorinhas.

Girard, macaco velho em negócios complicados, trampolineiro de primeira linha, voltou-se para o imenso janelão de vidro que abria a sala para a visão esplendorosa das montanhas nevadas ao norte, e quedou-se em calculado silêncio, aquele espaço estratégico necessário para esfriar os ânimos.

Antônio Belí estava nervoso e decidido a não sair sem uma solução; seu colega também estava nervoso, não tanto pela altercação, mas principalmente pelo estado alterado do sócio. Sabia que Belí não era de brincadeira.

Vou matá-lo no tempo - pensava Girard, com astúcia de raposa.

Vou matá-lo de verdade - maquinava Belí.

Vou contornar a situação - refletia Saliero.

- Dr. Girard - recomeçou Belí - a sua Companhia é grande e tem condições de pagar o que nos deve. Nós já não podemos suportar essa defasagem financeira. Perdemos bons negócios exatamente por nos fazer falta o dinheiro que o senhor não libera. O banco nos está pressionando. Eu não durmo, preocupado com os negócios. E o senhor nada no ouro. Saiba que eu não saio daqui sem que nos pague o que deve.

Girard percebeu que Antônio estava nos limites e era capaz de agir intempestivamente. Pela primeira vez, assustou-se. Acostumado a conversas cuidadosas, diplomáticas, que mais dão a entender do que dizem, estava surpreso diante da investida direta e dura de Antonio Belí. Havia, na companhia dos dois, um terceiro homem, misterioso, cara fechada, assentado firme nos dois pés, mais parecendo cão de guarda.

- Calma, meus amigos - esboçou Girard, cautelosamente.

Antonio pulou sobre Girard, meteu o dedo na cara dele e explodiu:

- Calma?! Não me venha mais com essa palavra ou lhe arrebento os miolos. Nós indo à ruína e o senhor nos vem falar de calma?!

Girard quase desmaiou.

Saliero procurou evitar o pior, afastando complacentemente o sócio.

- Dr. Girard - retomou a palavra Saliero - o senhor está percebendo como é grave nosso problema. Sabemos que a Companhia Expresso Balnesul está com grandes empreendimentos e, no entanto, não nos paga. Necessitamos o dinheiro com toda urgência, caso contrário vão por água abaixo todos os esforços e sacrifícios de nossa vida inteira. Faliremos.

- Não, não faliremos, porque eu não saio daqui sem receber os cheques do valor que nos deve - vociferou Belí.

Girard não sabida se chamava seus seguranças ou se acalmava os ânimos assinando os cheques. Se apelasse para os seguranças, poderia correr risco de vida. Preferiu o segundo caminho.

- Está bem - começou a falar suavemente, com a intenção de esfriar as cabeças - vou fazer um esforço inaudito para que a Companhia pague a Metalúrgica Saliero Belí e Cia. Estamos passando por uma fase difícil, mas mesmo assim vou passar-lhes agora os cheques, porém com data para sessenta dias. É o que posso fazer.

Todos sabiam que ele estava mentindo.

- Com data de hoje, nem um dia mais - enfrentou-o Belí.

- Como é que eu posso conseguir todo esse valor agora mesmo? - defendeu-se Girard.

- É problema seu - assacou Antônio.

- Está bem - cedeu, mais uma vez, Saliero -

damos-lhe uma semana. Assine agora os cheques com data para sete dias.

- Nem uma hora mais - martelou Belí.

CAPÍTULO 2

- Táxi!

O motorista afundou o pé no freio do carro e estacionou dez metros à frente.

- Para aonde?

- Por favor, para a Estação Ferroviária Los Pínus, mas primeiro passe pela Praça Santa Catarina, que tem uma moça me esperando.

Em oito minutos, chegaram à praça e a moça não estava lá.

- Pode aguardar um pouquinho? - perguntou o moço.

- Posso.

O relógio corria e a jovem não dava o ar da graça.

"Que teria acontecido? - perguntava-se o moço, um tanto desapontado. - Estará atrasada ou falhou tudo?"

O taxímetro girava, mas isso não importava ao rapaz. Sua preocupação era a amiga, que prometera de pés juntos viajar com ele.

"De repente - refletia ele - os pais não permitiram; ou ficou gripada; ou desistiu de mim; ou surgiu um compromisso inadiável. Tanta coisa poderá ter acontecido. Mas não devia. Afinal, agora sou eu que estou empenhado''.

Neste instante, para sua alegria, a jovem surgiu na ponta da praça, correndo desajeitadamente, com uma grossa bolsa às costas e outra rodopiando na mão direita.

- Que bom que você veio - desafogou ele.

- Antes de tudo, um beijo e boa tarde.

O moço misturou boa tarde com beijo e perguntou:

- Mas, então, Lucília, o que houve?

- Estava difícil convencer o pai.

- O que foi que você disse?

- Que ia passar uns dias na casa da Lúcia.

- Que Lúcia?

- Não sei.

Os dois riram a valer.

- Sabe, Arnoldo - justificou ela - uma mentirinha só não faz verão.

- Olha lá aquela mulher maluca! - espantou-se Arnoldo, apontando uma senhora que se postou no meio da pista para atacar o táxi.

O motorista irritou-se:

- Será que ela não vê que tenho passageiros?!

A mulher, no entanto, gesticulava desesperadamente.

- Pare - determinou Arnoldo.

A mulher aproximou-se do motorista e implorou:

- Por favor, preciso que me leve à Estação Los Pínus, senão perco o Expresso. Por favor.

Só então notou que havia passageiros no táxi e desculpou-se:

- Perdão, não percebi que estava ocupado.

- Suba, nós também vamos à Estação Ferroviária - disse Lucília.

A mulher sentou-se no banco da frente e ficou silenciosa.

Em poucos minutos, o táxi estacionou na entrada da Estação Ferroviária Los Pínus.

Havia movimento agitado de pessoas que entravam e saíam.

- Graças a Deus que chegamos em tempo - comentou a mulher. - Eu não podia perder o Expresso Balnesul. Deixem, que eu pago a corrida.

- Não se preocupe - tranqüilizou-a Arnoldo. - Fui eu que chamei o táxi.

- Mas, vocês me fizeram um grande favor. Pagarei o táxi com prazer.

- Se os dois quiserem pagar, eu não fico triste - brincou o motorista.

- Como é seu nome? - perguntou Lucília, enquanto Arnoldo acertava a corrida.

- Lizandra.

- Chamo-me Lucília e o meu amigo Arnoldo. Nós também faremos essa viagem turística até o Balneário Internacional Balnesul.

Lizandra baixou a cabeça.

- Você está bastante angustiada - arriscou Lucília, carinhosamente.

- É verdade. Há uma hora atrás meu marido e eu brigamos violentamente e eu saí porta afora. Tinha visto na televisão a propaganda da temporada em Balnesul e decidi viajar. Quero estar longe de briga, de ofensa, de maldade: quero sol, alegria e tranqüilidade.

- Faz bem - apoiou-a Lucília.

Arnoldo juntou-se às duas e trataram de tomar seus lugares no luxuoso Expresso Balnesul, que já dera o segundo sinal de partida.

Os últimos retardatários corriam afobadamente, com suas bolsas e maletas.

Arnoldo e Lucília ocuparam a cabine número quatro, do lado direito do vagão. Era o melhor lado, porque, ao longo da interminável subida da serra, podiam descortinar as mais belas e fascinantes paisagens.

O Expresso era um luxo só. Piso acarpetado, forro em madeira trabalhada; poltronas largas, tão reclináveis que se podia dormir confortavelmente; aliás, cada passageiro tinha acesso a travesseiro e cobertor.

Entre os oito vagões, um restaurante de primeira, comida internacional; outro vagão com bar e boate; dois carros-dormitórios; dois com cabines especiais e mais dois comuns, com poltronas largas e reclináveis. Duas possantes máquinas dividindo forças à frente do comboio.

A viagem era emocionante: seis horas para subir a serra e oito para descer, mais meia hora pelo Vale do Rio Correntoso até chegar ao destino, a mais famosa estação balneária do país.

Quando o Expresso começou a virar roda, todo mundo debruçou-se nas janelas que davam para a plataforma, trocando acenos e adeuses com os familiares e amigos que ficavam.

Mais parecia uma nave espacial que arrancava para Marte do que um rotineiro trem de turismo. É que despedida é sempre despedida, mesmo que seja apenas por um dia.

No primeiro vagão, um agitado grupo de estudantes cantava desabaladamente o seu grito de guerra. Trinta jovens cometiam o milagre de cantar a quarenta vozes. Não acertaram o tom nem na última nota musical. Abriam o berro, mais empolgados que Pavarotti diante de cem mil espectadores. Pelo jeito e pela idade, podia-se apostar que metade havia convencido os pais de que iriam para um retiro fechado, no convento de Santa Falseta, padroeira das inocentes mentirinhas. Não tão inocentes, é claro.

Passadas as últimas casas, o Expresso ensaiava maior velocidade, apitando garbosamente em cada curva perigosa.

Ao atravessar o casario da Residencial Mirabeau, as portas e janelas das casas se abriram subitamente e todo mundo correu para ver o Expresso passar.

Era uma festa. Um espetáculo de primeira. Gratuito.

- Gente feliz - comentou dona Esmeralda, ao fechar a janela do último andar do sobradinho Nordentale.

- Feliz em termos - respondeu Aderbal, seu marido.

- Feliz sim - sustentou Esmeralda. - Expresso de luxo, viagem turística, Balneário Balnesul, o que é que você quer mais?

- Trem, turismo e balneário nunca foram sinônimos de felicidade. Pode ter certeza que aí nesse lote há gente com vontade de se jogar nos trilhos.

- São a exceção.

- Há outros tentando administrar uma insuportável depressão.

- Pode ser.

- E outros querendo fugir da solidão.

- Também é possível.

- Outros mais buscando trégua para os conflitos domésticos.

- Puxa vida! - irritou-se Esmeralda. - Daqui a pouco você vai dizer que acabou de passar o carro fúnebre rumo ao cemitério municipal.

O que quero dizer é que felicidade é estado mental. A felicidade não está no Expresso, nem numa viagem, nem no turismo, nem no balneário, mas na mente. Tudo isso aí pode ajudar a pessoa a alegrar-se, espairecer, liberar a endorfina, até mesmo a ser feliz, mas, por si só, não é a felicidade.

- É claro - concordou Esmeralda. - Mas uma

viagem dessas é um sonho.

- Para mim e para você seria, sem dúvida, porque nós temos cabeça boa e estamos de bem com a vida. Fazer esse turismo, seria a glória, uma maravilha.

- Então, vamos mentalizar uma temporada em Balnesul. Todo sonho legítimo torna-se realidade.

- Pois é - sorriu Aderbal.

CAPÍTULO 3

Dezoito horas. Entardecer azulado, suave e encantador.

O sol ainda tinha forças para doirar as montanhas.

O Expresso navegava sobre trilhos, muito cheio de si. O gigantesco holofote varria as distâncias. Luzes em todos os vagões.

Muita animação.

Pessoas se conhecendo, trocando idéias, discutindo, rindo, contando piadas.

Perto dos jovens cantores estava um senhor barbudo, olhos espertos, nariz tentando se defender da barba, pescoço mastigado, mas o corpo bem elaborado. O homem contava piadas e ria por ele e pelo companheiro do outro lado do corredor.

- Pois, você sabia - era o barbudo com outra piada - que o Ministério da Indústria e Comércio fez uma grande campanha da camisinha contra a Aids durante o carnaval...

- Foi o Ministério da Saúde - retificou o outro.

- Não, foi mesmo o da Indústria e Comércio,

tanto que no Brasil nunca se vendeu tanta camisinha infantil como naquela época. E as indústrias de confecções ficaram abarrotadas de pedidos. Pois, na propaganda eles colocavam a camisinha numa banana...

- E venderam muitas camisinhas?

- Camisinhas não venderam, mas banana não sobrou uma no país.

- Você é chato - riu-se o companheiro.

- Verdade. O pior é que, lá no interior, o moço perguntou ao pai: Banana pega Aids? - claro que não, meu filho. Por que pergunta isso? - Ora, pai, explicou o filho, porque eu vi na televisão botarem camisinha na banana. Aí, no outro dia - continuou o barbudo - o sujeito entrou numa farmácia e pediu: Me dá meia dúzia de camisinhas. O farmacêutico entregou as camisinhas e perguntou: Só isso? Não, respondeu o sujeito, agora me dê meia dúzia de bananas.

Nessas alturas, todo grupo ao redor do barbudo ria a bandeiras despregadas.

E o homem não descamisava nunca:

- Pois, um garoto viu a propaganda da camisinha durante o carnaval e perguntou ao professor: Professor, eu vi na televisão que a gente bota a camisinha na banana; mas então comer banana-nanica, banana-da-terra e banana-canário será promiscuidade? Olha, ontem encontrei um gordão usando uma camisinha tão apertada que não chegava nem na metade da barriga. Eu perguntei: Por que você usa camisinha tão apertada? - Pra não pegar Aids, respondeu o gorducho.

O barbudo era uma metralhadora:

- Você conhece o caso daquele cara que não queria ter filhos e transava com a cunhada para ter apenas sobrinhos?

A platéia divertia-se como nunca.

E o barbudo mandava brasa: ‘‘Conheci um sujeito tão gordo, tão gordo, que quando morreu tiveram que fazer duas viagens para levá-lo para o cemitério’’.

A risada geral estimulava a veia humorística do piadista:

- Na aula de religião, a professora ensinou: Quando estiverem para ceder à tentação, lembrem-se que uma hora de prazer não vale uma vida de remorsos. Aí a mocinha assanhada perguntou: Como é que a gente faz para que o prazer dure uma hora?

Ninguém resistiu à gargalhada e o impávido contador de piadas metralhava:

- E aí vem a piedosa história da moça que queria casar: enquanto esperava pelo homem certo, ficava treinando com os homens errados. Também aquela do sujeito que se suicidou porque tinha medo de morrer. E aquela tirada filosófica do sábio de araque: Todos os homens nascem iguais; se depois resolvem casar, a culpa é deles.

A roda em torno do barbudo aumentava cada vez mais e as risadas retumbavam no vagão. O homem sentia-se realizado. E não parava:

- O famoso beijo de Judas rendeu-lhe trinta dinheiros e ainda têm mulheres tão exageradas que querem cobrar muito mais. Vocês conhecem o caso daquele homem que publicou anúncio no jornal procurando uma esposa? Recebeu duas mil cartas de maridos oferecendo a deles. Dizem que as mulheres têm o hábito de falar demais. A minha não pode, porque tem um problema na garganta: de vez em quando precisa parar de falar para respirar.

O barbudo só se acalmou quando os alto-falantes anunciaram a passagem do viaduto mais alto do percurso. Foi uma correria para a janela. Realmente, a cena era fantástica. O comboio diminuiu a velocidade e passou cuidadosamente, dando tempo a que todos pudessem apreciar o panorama dantesco. Um precipício de arrepiar.

Quatro poltronas atrás do contador de piadas, jazia rígido como uma estátua, óculos de aro grosso, camisa abotoada até o pescoço, o senhor Eulalio Orizon.

‘‘Deplorável - exclamava ele, com seus botões. - Onde já se viu, um marmanjo daquela idade falando besteiras para todo mundo. Realmente, a humanidade está perdida. Quanta conversa idiota jogada fora! Por que não ocupar o tempo com meditações existenciais, ao invés de conversa chula? O mundo, na verdade, é um cortejo de bobocas rindo atrás de um panaca. Essa gente tem cabeça só para tapar o pescoço. Na verdade, pensam melhor com o pescoço do que com o cérebro.

Cérebro? Para eles cérebro é coisa do arco da velha. O dia que essa gente conseguir pensar três frases sérias num ano, entrarão em profundo esgotamento. Se lhes perguntarem qual é o destino do homem, responderão qual é o pepino que se come. A vida, para essa gente, é uma piada. Se falarem para eles de eternidade, por certo responderão que é o tempo que a empresa leva para aumentar o salário. Bando primitivo. Da era paleolítica. Jamais cometerei o despropósito de lhes perguntar sobre a era paleolítica porque, na certa, responderão que foi a época da descoberta do palito. Esse tipo de gente só melhora com jejum, abstinência e porrada de filosofia. Mas, conseguir essa façanha é que são elas. Estou descrente da humanidade. O que é a vida para eles? Uma charanga tocando música para ouvir estrelas. O que é a vida para mim? É uma desgraça necessária e esses bobocas vivem rindo à toa. O melhor da vida é a morte. Outra vida? Por quê, se nem dá para agüentar esta? Uma já é demais e eles falam em duas ou três. Esses aí buscam Balnesul para se divertir, mas eu vou lá para sofrer, fazer sacrifício: enquanto eles curtem as areias, as águas, as ondas, as boates, os passeios, eu só fico olhando, reprimindo a vontade, contendo os sentimentos, querendo e não fazendo. Sofrer faz sentir cada instante da vida. Se o homem foi feito para o prazer, por que nasce chorando? Grande valentia ser chorão... Eu sou o homem mais severo do planeta. Só mostro os dentes para morder. E que não me venham amolar a paciência esses imberbes metidos a Pavarotti. Ora, cantar; tem é que chorar. Ora, pular; tem é que fincar os pés nos espinhos e berrar feito terneiro desmamado. Não é isso que faz a maioria da humanidade? A maioria vence, diz a democracia. Eu sou rígido, duro, mordaz, sofredor, cético, derrotado, corrosivo e hipocondríaco: pode haver mais qualidades num homem só?''

CAPÍTULO 4

- Olá, gatinha, também vai se divertir em Balnesul?

A mocinha não moveu sequer os olhos. O galã insistiu:

- Está sozinha? Eu também estou. Já começamos com uma qualidade em comum. Ajude-me agora a procurar duas diferenças?

A moça voltou-se mal-humorada e respondeu:

- Você é idiota e eu não; eu estou quieta e você é um papagaio. Pronto, duas diferenças.

O rapaz riu, sem jeito. Desabafou:

- Desculpe. Realmente fui um babaca. Não soube sequer entabular uma conversa com você. Eu sou muito tímido e quando um tímido se mete a corajoso, dá nisso. O que eu queria mesmo lhe dizer é que achei-a bonita, interessante, e queria conversar com você. Afinal, não há mal nenhum nisso, concorda?

- Claro. É muito mais simples esse tipo de diálogo do que usar expressões estereotipadas, que mais repelem do que atraem. Imagine a estupidez de tantos jovens querer chamar a atenção de uma garota através do assobio, da piada, da ridicularização. É preciso pegar a mulher por aquilo que ela preza e valoriza: a beleza, o encanto, o charme, o elogio sincero, o sentimento afetivo, o gesto amigo, a espontaneidade, a singeleza, a inteligência, a elegância.

- Você tem razão. Às vezes, a gente pensa que uma linda garota é uma estátua de granito que deve ser derrubada à força. Como a força é inviável, usamos esta outra força agressiva do assobio, do beliscão, da piada insonsa. Reconheço que é uma tática abestalhada.

- Uma gota de sorriso - disse ela - é muito mais ponte de ligação do que um barril de vinagre. Imagine você se eu fosse buscar aproximação de um rapaz, dizendo-lhe: "Oi, seu gordão barril de chope, como vai essa barriguinha apontando para a galáxia? Com certeza, ele iria responder: "Barril de chope é tua avó, sua cara de pudim lavado".

- Uma das dificuldades que nós vemos nas meninas é que pensam que o rapaz se aproxima com a única intenção de fazer sexo. Faz-me lembrar a história daquele sujeito que atolou o carro e se dirigiu até a primeira casa para pedir uma pá emprestada. Ia caminhando e pensando: "O que dirá o dono da casa ao ver um estranho chegar a essas horas? Pode pensar que é assalto; ou que quero roubar a pá. Com certeza vai abrir a porta com precaução. E se estiver armado? Está irritado por quê? Acha que não vou pagar o empréstimo? Mas, espera aí: cobrar o empréstimo de uma miserável pá a alguém necessitado? Eu não vou comer a pá, ora bolas! O quê?! Quer cobrar tudo isso? Só por uma hora?! Explorador. Ladrão. Então, não me empresta a pá? Nem pagando o que pede?! Pago o dobro. Nem assim? Seu sacana. Aproveitador. Mau-caráter. (Nisso, ele chega na casa, bate, e mal o dono da casa abre a porta, o homem xinga raivoso:) - Está bem, pode ficar com a sua pá, seu cretino, que eu não preciso dela; me viro de qualquer jeito!

A moça riu à solta.

- Muitas garotas - continuou ele - desconfiam de tudo e de todos. Nem sequer dão bom-dia com medo que signifique: Vamos transar?

- A experiência ensina.

- Ou é o medo?

- Os exemplos.

- Está mais para complexo de insegurança.

- Por quê?

- Uma moça segura de si conversa com qualquer personagem do sexo masculino, sem prevenção; sorri diante de uma cantada; sabe que é dona de si e somente faz o que quer, quando quer e como quer. De mais a mais, a mesma dúvida, incerteza e timidez que acomete uma jovem, não deixa de existir no rapaz, por mais valentão que pareça. Um desarmamento geral facilitaria muitos diálogos, belíssimas amizades e inesquecíveis encontros. Só o fato de lhe ser permitido percorrer as fantásticas dimensões e vivências de uma alma humana, já compensa qualquer decepção.

- Nesse ponto você está certo. Cada ser humano é um mundo desconhecido, cheio de belezas e maravilhas. A troca de conhecimentos e experiências é enriquecedora. As idéias, crenças, filosofias de vida, que são postas ao outro, trazem temas de reflexão.

- A troca de emoções e de sentimentos pode ser grande elo de ligação afetiva.

- Como pode trazer efeitos repulsivos - considerou ela.

- Mas, sempre são valiosas aulas de vida - completou ele - que não aconteceriam se cada um ficasse no seu canto, ensimesmado nas suas próprias mesmices.

- É que a gente não sabe quais são as intenções.

- E precisa saber? A gota de água segue correnteza abaixo, feliz em si mesma, sem saber para aonde corre o rio.

Lá fora, o rio Turuí serpenteava nas profundezas do vale, alheio às comparações dos jovens.

Há três horas que o Expresso vai subindo a serra, também feito cobra afoita. Nesta altura, o avanço se faz sofrido. As duas máquinas bufam irrequietas por entre túneis e viadutos. Muitos passageiros debruçam-se às janelas para apreciarem as impressionantes paisagens, apesar do lusco-fusco do anoitecer. No carro-restaurante a festa está no auge, com cheiros irresistíveis de saborosos petiscos se expandindo pelo ambiente e fugindo pelas janelas do Expresso.

- Uma coisa que vocês precisam saber - retomou a conversa o rapaz - é que para nós, homens, não é nada fácil abordarmos uma mulher: a gente trata de esconder a ansiedade e, por isso, às vezes, exagera na dose. Teria você coragem de chegar a um garoto que balançou seu coração, sorrir para ele, olhá-lo nos olhos durante três segundos, e jogar uma conversa qualquer com a maior naturalidade do mundo, assim como quem está comendo um cachorro-quente? Então, por que jogam aquele gelo para cima de nós, obrigando-nos a derretê-lo numa operação sofrida e arriscada?

- Pertence ao homem quebrar o gelo. São os caminhos da conquista.

- Isso já era - rebateu o moço. - Essa estratégia é do tempo dos conventos. Do tempo em que a mulher era tida e havida como ser indefeso, desinteligente, frágil, cuja única arma era a distância, o gelo; e o aprendizado do amor era fazer difícil a conquista. Hoje, com a evolução do planeta, nos sentimos todos iguais, inteligentes, capacitados, livres, donos do nosso próprio nariz. Concorda?

O Expresso apitou agudamente indicando o início da parte mais íngreme e assustadora da subida da serra.

As cabeças voaram para as janelinhas do comboio, na expectativa de ver alguma coisa.

A poucos passos, uma gigantesca ponte, de cerca de duzentos metros de altura, segurou o Expresso por trinta segundos no ar. Lá embaixo, a barulhenta corredeira, cintilando ao luar.

- Uma pena que a noite não permite melhor visão - comentou a jovem.

- Disseram-me que o retorno será de dia.

O rapaz olhou calmamente para a jovem e perguntou, com uma pontinha de hesitação:

- Vamos comer alguma coisa?

- Vamos - respondeu ela, sorrindo.

- Bem, pelo menos agora permita que eu me apresente: chamo-me Fernando. Fernando Contreiras.

- Meu nome é Débora.

* * *

No segundo vagão, dois velhinhos, que se conheceram na plataforma de embarque, em Andorinhas, depois de cochilarem um pouco, trocam impressões de vida. Coisas da idade.

Este aqui é o Terêncio, de uns setenta anos, quase sem cabelos, barba branca, óculos na ponta do nariz, camisa de pelúcia com longo blusão de lã sobreposto, manta enrolada no pescoço, calça xadrez bem quente, uma ruga ao lado do nariz e duas na testa crispada; olhos fundos, expressando marcas de sofrimento.

O companheiro é Joanes Tissot, mais arejado, bastante animado, sorriso permanente, cabelos prateados, rosto um tanto afinado, bigode reforçado, muitas rugas nas extremidades dos olhos, corpo razoavelmente conservado, muito bem agasalhado, até com certo requinte.

- Sempre quis fazer esta viagem - contou Tissot - mas ora surgia um imprevisto, ora outro, e fui adiando até hoje. Concordo que não é a melhor idade para uma temporada em Balnesul, mas antes tarde do que nunca.

Terêncio aproximou-se mais de Tissot e confessou:

- Eu, na verdade, fui mandado fazer esta viagem. Meus filhos quiseram fazer férias de mim e me embarcaram.

- Pelo menos - sorriu Tissot - é uma maneira gostosa de se livrarem de você.

- Talvez seja até fruto do complexo de culpa deles, porque me jogam para cá e para lá, feito traste. A vida é isso mesmo: espremem a gente como um limão e quando sobra o bagaço, tratam de jogar fora. Eu era pobre, trabalhei, criei meus filhos, dei-lhes estudo, orientei-os na vida, estão bem, mas sinto que sou um estorvo para eles.

Tissot tentou consolá-lo:

- Há que considerar também pelo lado dos seus filhos. Os pais já não são mais a vida deles, que agora é constituída pela mulher e filhos. O mundo, para eles, é a família deles. Você, muito embora seja pai, é, por assim dizer, um estranho para aquela família, já que ela é una em si mesma.

- Eles são meus filhos. Eu os criei. Eu cuidei deles.

Tissot abraçou-o complacente e fez-lhe ver:

- Tudo bem. Você criou seus filhos. Será que o erro não está em querer agora ser filho dos seus filhos? Ao dar-lhes proteção, apoio, e conduzi-los na vida, você realizou o grande papel de pai. Por que agora quer voltar atrás e desdizer tudo isso?

- Sim, meu caro - inquietou-se Terêncio - mas quem é que vai cuidar da minha velhice? Da minha doença? Das minhas necessidades?

- Você mesmo.

- Eu?! - espantou-se Terêncio.

- Acha que não pode? Se teve capacidade de sair da casa dos seus pais, casar, sustentar mulher, filhos, negócios, com todas as imensas implicações de cada dia, por que não pode cuidar de si? Não é bem mais fácil e menos dispendioso?

Terêncio olhava para sua situação: vivia num modesto anexo da casa do filho mais velho, dependendo dele e da nora, fazendo refeições às custas deles, recebendo mensalmente um miserável salário de aposentadoria, que mal dava para os comprimidos de dormir e concluia que Tissot estava fora da realidade.

Ponderou:

- Eu sou um pobre velho, dependente, só, meio adoentado, sem recursos: como posso cuidar de mim?

- Olha, meu amigo, eu não sei se você conseguiu fazer patrimônio, guardar alguma coisa para a vida. Conheci pais que, no momento em que os filhos se encaminhavam para os próprios negócios, tomados de amor desprendido repartiram seus bens entre os filhos, que prometiam fervorosamente cuidar deles pela vida em fora. O tempo foi andando, a herança antecipada misturou-se aos ganhos de cada um, a doação generosa foi esquecida, e cada filho procurou passar ao outro a responsabilidade de atender o pai. Você até que está bem, vivendo em cantinho próprio, junto à casa do filho. Mas, inúmeros pais foram acabar em asilo. Esses pais cumpriram a primeira etapa da vida, que foi criar e sustentar a própria família, mas esqueceram a segunda etapa, tão importante quanto a primeira: providenciar o sustento de si mesmos. A velhice, meu caro, não é a idade do abandono e da dependência; é a idade da experiência, da maturidade, do conhecimento, do privilégio de fazer aquilo que gosta; é a idade do artesanato, do hobby, da criatividade, da sabedoria. É idade tão fecunda quanto outra qualquer. A diferença está na maneira de fazer o que se quer fazer. Velhice é idade linda. O corpo se acalma e os prazeres da vida acontecem na mente, de onde nascem o conhecimento, a alegria, as histórias e piadas sem fim, os fatos pitorescos contados sem pressa; na velhice habita o espírito inventivo. É a idade maravilhosa em que Deus concede dons especiais, como a tolerância, a paciência, a bondade, o carinho à flor da pele, a mansidão, a capacidade natural de estar disponível para pequenos quebra-galhos; é, enfim, a idade em que finalmente você olha para alguém e se dispõe a ouvir tudo o que ele tem a dizer, sem pedir licença para ir embora porque tem muita coisa a fazer. Bela idade, adorada pelos netos.

- Puxa vida, meu amigo - exclamou Terêncio - daqui a pouco você vai dizer que todos os homens deviam nascer velhos.

Os dois riram, bem-humorados.

- Eu penso - tomou fôlego Tissot - que é necessário descobrir a juventude da velhice.

- Juventude da velhice?! - impertigou-se Terêncio.

- É sim. A velhice tem luz própria. É como o sol: nascido há bilhões de anos, mantém a mesma energia, a mesma luz. Descobrir a juventude da velhice é descobrir onde se situa a luz própria dessa idade. Fala-se na energia alegre da criança; na vitalidade em expansão da adolescência; na primavera da juventude; no vigor exuberante da mocidade; na produtividade da idade madura; e não se fala na essência vital inerente à velhice. É isso que faz decadente e inútil essa fase. Aí está porque essa idade, com raras exceções, não funciona.

- Pois, eu não estou funcionando - concluiu Terêncio.

- Eu funciono. Lembro aquela piada que o velhinho foi ao médico fazer exame de sangue porque ia casar. "Casar?!" - admirou-se o médico. - "Que idade o senhor tem?" O velhinho respondeu: "86 anos". "E a sua noiva?" - perguntou o doutor. "Tem 21 anos" -

respondeu o velhinho. O médico exclamou: ''Vinte e um?! Olhe que esta diferença de idade pode ser fatal!'' O velhinho pensou um momento e retrucou - ''Então, paciência. Se ela morrer, morreu''.

Terêncio gostou da piada.

Tissot continuou:

- Funcionar significa viver a vida plenamente, seja qual for a idade. A vida é espírito e espírito é energia suprema, indestrutível, inesgotável, perene; se ligar essa energia vital a um corpo de oitenta ou noventa anos, haverá a eternização da juventude. É por isso que se diz que tanto a juventude quanto a velhice são estados mentais. Uma pessoa não é jovem por ter vinte anos, mas por ter mente jovem. Mente jovem realiza produtividade de gente jovem. O velho não está fadado a viver de amparo, mas a viver a plenitude da vida, independente e feliz.

- Mas, se você soubesse quanto sofri! Carrego a marca da solidão, do abandono, da dependência, da carência - queixou-se Terêncio.

- O que é que você faz?

- Já fiz. E muito. Agora não faço mais.

- Aí é que está o xis. Velhice não é invalidez. Deve continuar a cumprir sua missão nesse planeta de Deus. Veja o que sabe e gosta de fazer, e faça, nem que seja carrinho de criança, fotografia, cadeira, pulseira, pintura, escultura, pesquisa, venda, promoções, cuidar de crianças, horta, bolachinhas, chocolates, artesanatos, bolsas; enfim, existe alguma coisa que está esperando você. Descubra. Sentir-se-á dono de si, útil, e o que é interessante: ganhará bom dinheirinho para outras viagens a Balnesul. E por conta própria.

- Mas, não sei se meu filho vai me deixar.

- Desgrude-se dele. Ele é ele; você é você; e se forem bons amigos, tanto melhor.

- Está me convencendo - sorriu Terêncio.

- Então, vamos brindar nossa independência. Convido-o para um cafezinho com creme, lá no Bar Expresso.

- Muito bem. Precisamos mexer as canelas, senão enferrujam.

- Não vai me dizer que é a idade. Quando a gente é criança, é menor de idade. Quando tem dezoito anos, é maior de idade; aos quarenta, já é de meia-idade; se quer casar na juventude, tem pouca idade; se faz bobagem, tem idade mas não tem juízo; se mantém conceitos milenares, é da idade da pedra lascada; se critica o jovem, é da idade da onça; se fala dos tempos antigos, é da idade em que se amarrava cachorro com lingüiça; e o pior de tudo: se é idoso e quer casar, aí já não tem idade.

- E durma-se com esse barulho - completou Terêncio, numa boa.

- Um cafezinho agora vai bem - comentou Tissot, tomando caminho do Bar Expresso.

CAPÍTULO 5

Nos dois últimos vagões do Expresso Balnesul estão os confortáveis e amplos camarotes onde ricos entediados descansam durante a viagem.

Os dois vagões seguintes estão divididos em cabines especiais, com poltronas, sofás, frigobar, televisão, ar-condicionado, móveis luxuosos e utensílios úteis ao conforto dos passageiros que as ocupam. São cabines para dois e para quatro passageiros, com banheiro privativo.

Na cabine número quatro, Lucília reclinava-se à janela, devassando com os olhos deslumbrados a grandeza majestosa do panorama: embaixo, abismos insondáveis; no alto, estrelas brincalhonas.

A lua, solidária com a jovem, estendia seu manto de luz suave sobre os penhascos, levando Lucília a sonhos extasiantes.

De repente, numa curva da serra, abriu-se um panorama dantesco. Vastas agulhas despontavam na montanha, perfurando o infinito. Mais abaixo, imponentes cascatas de luz prateada se despencavam sobre o abismo.

- Arnoldo, venha ver que coisa mais linda! - explodiu a jovem, não contendo a emoção.

O moço debruçou-se sobre as costas da jovem, colando seu rosto no dela, para apreciar melhor a cena.

- Impressionante! - exclamou ele.

Os dois permaneceram juntos por momentos indefinidos, os olhos fixos na paisagem e o coração saltando de excitação.

Arnoldo, quase perdendo a respiração, abraçou-a carinhosamente, tocando com as mãos os seios entumescidos.

A jovem tentou desviar os apelos sensuais, comentando qualquer coisa sobre a altura das agulhas que fincavam a ponta nos domínios estelares. Arnoldo sentiu o descompasso entre as palavras e o coração da jovem. Apertou-a com frêmitos incontidos. Lucília reagiu passando as mãos sobre os cabelos dele. Enquanto ele a beijava na face direita, único território que lhe sobrava no pequeno espaço da janelinha do comboio, ela respondia moldando seu corpo no dele. A mente, o coração e o corpo dos dois agitavam-se incontidamente, como ondas do mar.

Num gesto brusco, ele voltou a jovem para si e ambos beijaram-se fervorosamente. Muito excitado, Arnoldo passou a beijar-lhe a testa, os olhos, as orelhas, e desceu sofregamente aos seios da moça. Ergueu o sutiã e beijou ambos os seios, segurando as bordas com as duas mãos. A moça desprendeu a alça e deixou-se afogar nas ondas do prazer.

De repente, ele a tomou nos braços e estendeu-a no sofá. Chaveou a porta e correu as cortinas das duas janelinhas de vidro, que davam para o corredor. Abriu os botões da camisa, soltou o fecho da calça e inclinou-se para a moça, beijando-lhe amorosamente a boca. Os seios chamavam seus lábios. Rompeu os botões da blusa dela e deu-se a largos beijos. Quando Arnoldo sentiu que ia perder o controle, tratou de acalmar-se iniciando suave massagem sobre o corpo dela. Soltou o fecho da calça jeans de Lucília e tirou-a. Encantou-se com a delicadeza da calcinha desenhada com rendas alvíssimas e detalhes beges, mas não resistiu à tentação de desvesti-la. Ali estava sua amada de corpo inteiro, nua e linda como Vênus. Retomou a massagem, que a moça recebia de olhos fechados, para gozar melhor as sensações sutis que emergiam de todas as dimensões do seu ser.

Arnoldo curtia cada toque, cada deslizar de mãos sobre os seios, o peito, as coxas. Quando alcançou os contornos vaginais, lembrou-se que devia lavar as mãos. Beijou a jovem e foi à torneira. Aproveitou para desnudar-se e voltou a massagear os ombros, os seios, descendo, por entre os pelos escuros, às profundezas da vagina. Notou que estava úmida, receptiva, desabrochada. A jovem estremeceu de prazer e sentou sobre o sofá para beijar, em frenesi, os lábios do companheiro.

Companheiro ou namorado? Nenhum dos dois tinha certeza. Amigos de verdade, nem se fala. Agora era ela que o acariciava desde os cabelos até os pés. Arnoldo, por sua vez, ora tocava os seios, ora os quadris da amada, até que os dois não se contiveram e entregaram-se ao momento mais explosivo do mundo...

* * *

Na cabine ao lado, os acontecimentos eram muito diferentes. Dois homens sérios, tranqüilos, agradáveis, muito cultos, descansavam nas poltronas. Dom Silverdi, bispo de Santa Isabel, lia a última encíclica papal, enquanto seu assistente, padre Luiz Alberto, vasculhava o jornal do dia. Cansados das maratonas pastorais do ano, resolveram presentear-se com uma descontraída temporada em Balnesul, que, afinal, ninguém é de ferro.

Pés descalços sobre o tapete, casaco e clerigman pendurados nos cabides, mangas arregaçadas, ambos estavam aí como pediram a Deus. Depois de meses e meses vestidos a rigor, contidos e reservados em ambientes públicos e eclesiais, chegou a vez de dispensar protocolos e formalidades. Como o cachimbo entorta a boca, estava difícil alcançar uma liberação total. Mas tentavam. Só o fato de tirar os sapatos, descarregar os trajes eclesiásticos e soltar-se na poltrona já era para eles um acontecimento. Padre Luiz dera-se ao luxo de fumar um bom charuto cubano, que ganhara de aniversário de um amigo comunista; já Dom Silverdi contentava-se em mordiscar um tablete de chocolate.

- Deseja jantar no restaurante ou aqui? - perguntou Luiz Alberto, sempre atento às necessidades do seu superior.

- Veremos, veremos - respondeu o bispo.

Luiz Alberto não se conteve:

- Veremos é resposta que não diz nem sim, nem não. Parece que o senhor está numa reunião do cabido diocesano ou dando entrevista a um jornal. Por que usa essa expressão?

- Meu caro, quando você afirma, tem que responder pelo que disse; quando toma decisão, tem que sustentá-la. Compreendeu o que quero dizer?

O padre quedou-se pensativo. Depois, considerou:

- Mas, o senhor é pessoa culta, designada para dirigir e orientar.

- Também sou autoridade e não convém que me exponha.

- Não seria melhor errar na hora certa do que acertar na hora errada? - voltou à carga o padre.

- Refere-se à política? À Igreja? Aos negócios? À filosofia? À teologia? Veja, meu caro, que a coisa não é tão simples assim.

- Por falar em Igreja, às vezes tenho a impressão, desculpe-me a ousadia, mas estamos em férias - brincou Luiz - de que os bispos são mais porta-vozes de Roma do que da Verdade.

- Lembra-se do velho axioma dos tempos de seminário: "Roma locuta, causa finita"?

Luiz Alberto lembrou o velho latim e traduziu mentalmente: "Roma falou, assunto encerrado". Arriscou uma ponderação:

- E se Roma locuta gerar conflito na mente do ser humano que, por coincidência, é bispo?

- Tem mais peso a palavra da instituição do que o pensar individual.

- Instituição eclesiástica não é, em si, parâmetro da verdade. Na época de Galileu Galilei, toda a Igreja condenava o astrônomo e depois comprovou-se que estava certo. Nós estamos viajando de trem, é claro. Pois, quando os primeiros trens alcançaram a velocidade de cinqüenta quilômetros por hora, o Colégio dos Médicos de Munique divulgou séria advertência contra as viagens por estradas de ferro, porque, segundo os cientistas muniquenses, a velocidade provocaria dores de cabeça e vertigens, e a rapidez das imagens que se sucediam prejudicariam as vistas. Mais ainda, na velha e sábia Inglaterra dizia-se que viajar a cinqüenta quilômetros horários levaria uma pessoa à loucura.

- São fatos isolados e a exceção não faz a regra - rebateu Dom Silverdi.

- Mas, também não deixa de ser verdade que a soma de um milhão de equívocos não faz uma verdade, por mais idôneos e honestos que sejam seus autores.

- O difícil, não raro - considerou o bispo - é saber onde está a verdade. Muita coisa que na Idade Média era verdade, no século passado a ciência provou o contrário e hoje a ciência novamente desdisse a própria ciência. Principalmente em termos de crença religiosa, vale mais a voz superior do que a opinião contrária.

- Não acha o senhor que, por vezes, a Igreja se aferra a tradições insustentáveis, ou pelo menos discutíveis, com isso até impedindo melhores dias para a humanidade?

- Explique-se.

- O papa, por exemplo, desaprova o uso de anticoncepcionais e até condenou recentemente um bispo francês por se manifestar publicamente a favor da pílula. Isto significa que todos os bispos devem ser uníssonos com a palavra papal, pouco importando as conseqüências.

- Sem dúvida, meu caro. A vida pertence a Deus e deve ser preservada.

- Justamente. A pílula veio para preservar a vida. Não se confunda anticoncepcional com pós-concepcional. O aborto sim é a eliminação da vida e, pior ainda, de uma vida indefesa. Mas o anticoncepcional, ou seja, a pílula, evita a concepção. Neste caso, não existe vida. Evitar filho é diferente de matar filho. Evitar filho também nós o fazemos, pela simples razão de que, evitando relações sexuais, não vem ao caso por que mérito, estamos evitando filhos, não é verdade?

Toda pessoa que deixa de fazer sexo está deixando de fazer filhos.

- A Igreja aceita a limitação de filhos desde que feita por métodos naturais.

- Eu meditei muito sobre o assunto e cheguei à conclusão de que a única coisa que faz a pílula é produzir determinadas reações no organismo em benefício de um objetivo que não deixa de ser ético. Sim, porque evitar filhos não é condenável e nem condenado: é coisa que faz todo aquele que evita relações sexuais, inclusive as pessoas ditas virgens. Usar uma pílula para produzir determinada reação no organismo, sob a aprovação da Medicina e da Comunidade Científica, é prática comum em qualquer pessoa. Assim como as mulheres usam pílula para provocar uma reação orgânica que impede a gravidez, da mesma forma eu posso estar tomando pílula que produz reação sobre o cérebro para evitar depressão ou ansiedade; uma pessoa pode até extirpar um órgão do corpo, sem que a Igreja se pronuncie contra.

- Também é verdade - apôs Dom Silverdi - que não se sabe quais são os efeitos da pílula sobre o organismo a longo prazo.

- Assim como não se sabe os efeitos, a longo prazo, de qualquer remédio que o próprio papa esteja tomando. Ainda há pouco, por exemplo, os Órgãos Internacionais de Saúde retiraram do mercado diversos remédios que eram muito usados no passado. O mundo evolui e a própria pílula evoluiu substancialmente desde que foi lançada ao público.

- Você há de concordar que o método natural de abstinência de relação sexual no período fértil é o melhor caminho, mais saudável, mais benéfico, sem qualquer contra-indicação de parte da Medicina.

Luiz Alberto acenou afirmativamente.

- De fato - aceitou. - Só que tal ventura não é dada ao comum dos mortais e muito menos aos favelados e miseráveis que povoam o submundo da vida, aumentando os imensos bolsões de miséria. Tem aquela história do casal piedoso que adotou o método natural de Ogino Knaus para evitar filhos. Não deu certo e tiveram gêmeos. Celebraram o evento dando o nome de Ogino a um e Knaus ao outro.

- Reconheço as suas preocupações e de toda a humanidade, principalmente dos países pobres, que carregam insuportáveis legiões de miseráveis, famintos e doentes, mas um mal não justifica outro. Precisamos encontrar um caminho natural.

Olhando para o relógio, Luiz exclamou:

- Veja só, como o tempo passa. Prefere jantar no restaurante ou aqui mesmo?

- Aqui será melhor. Pode ser para mim um strogonoff de galinha, salada de legumes e um suco médio de laranja. Você escolhe seu prato.

Luiz Alberto ligou para o restaurante e fez o pedido.

* * *

Silenciosa, acomodada no terceiro vagão, última poltrona, Maristela, jovem de dezesseis anos, não tirava os olhos da janela do trem. Olhava a paisagem, mas não via nada. Apenas relembrava a briga que teve com o pai, três dias antes.

Não conseguia entender-se com o pai, ou então era ele que não conseguia entender-se com ela. Cada dia, uma briga.

A vida tornou-se tão insuportável a ponto de desejar fugir.

Sempre que ameaçava sair de casa, o pai infalivelmente declarava: ‘‘É para o seu bem, minha filha’’.

‘‘Para o meu bem? - refletia ela, quase falando sozinha. - Bem de quê? Ele pensa que eu sou uma criança de oito anos. Só porque a mãe morreu, se arroga o direito de ser pai, mãe, policial, professor e guarda, ao mesmo tempo. Isso não é justo. Assim, fico sufocada. E a minha liberdade? Parece que ele quer que eu seja uma velha de dezesseis anos. Assim não dá. Não agüento mais. Ele vê perigo em tudo. No outro dia, quando cheguei às duas horas da madrugada, meteu-me os arreios, uma bronca danada. Pensa que eu não sou responsável? Claro que sou. Aquela vez que ele viu uma camisinha na minha bolsa, foi um Deus-nos-acuda. Nunca vi terremoto igual. No seu sermão, apelava para a Aids, para a gravidez, para a religião, para o diabo a quatro. Disse cobras e lagartos, só que não disse como se pega Aids, como se engravida e como se pode transar em segurança. Mas, não importa, eu já sei tudo isso e tomo as precauções. Aids se pega por relações sexuais e por contaminação pelo sangue; risco de gravidez acontece principalmente na segunda e terceira semana após a menstruação; mas, por via das dúvidas, além de exigir que o parceiro use camisinha, ainda tomo pílulas. Precisa mais? No começo, comprava as mesmas pílulas que uma amiga usava, depois percebi que não me faziam bem, o corpo inchava, os seios avolumavam-se demais e resolvi tomar orientação de ginecologista; portanto, estou bem assessorada e meu pai não precisa alarmar-se. Transar, também não é bem assim. Só fico numa boa, quando posso curtir os sentimentos, a alegria, o prazer, e uma gostosa parceria''.

Maristela foi despertada de seus devaneios quando o Expresso apitou forte antes de entrar no mais extenso viaduto. Dessa vez, abriu os olhos para a grandiosidade da cena que se descortinava. Quase trocando rodas, o comboio percorria quatrocentos metros sobre uma gigantesca armação de ferro que o segurava com pulso de Sansão.

Depois do viaduto, o trem afundou na escuridão maciça de um longo túnel e a jovem voltou a ensimesmar-se, agora lembrando aquela vez em que o pai a trancou no quarto porque o chamou de besta quadrada. Certo que perdeu a cabeça, mas bem que ele poderia ser tolerante, afinal tem vinte anos mais do que ela.

"O pior de tudo - ruminava - foi há três dias atrás. Aí o caldeirão entornou de vez. Não agüentei mais e comprei passagem para Balnesul. Não lhe disse que ia viajar e não me arrependo. Bem que ele merece sofrer. O que fez para mim não se faz nem para o pior inimigo. Vai ficar preocupado? Bem-feito! Que se dane! Quem manda me chamar de infantil, cabeça-dura, mula teimosa, libertina e songamonga. Aí está a prova de que me despreza e de que não me quer em sua companhia. Pois, então, que tire bom proveito da minha ausência. Dou-lhe férias de mim. Que fique lá com suas broncas e tudo o mais..."

Nesse momento, nas profundezas do coração, uma voz perguntou-lhe: Tem certeza de que está sendo justa e sincera consigo mesma e com seu pai?

Subitamente, o badalar do sino e o alegre apito do Expresso, que anunciava a chegada na Estação Picos Nevados, ponto mais alto da viagem, arrancaram-na de suas auto-análises.

CAPÍTULO 6

A chegada na Estação Picos Nevados transformou o lugarejo numa festa.

Quase toda a população, enfiada em longos capotes de couro e bonés de lã grossa, mantinha o hábito de passear na Estação para ver a chegada do Expresso e apreciar o momento do sobe-e-desce dos passageiros. Namorados, de mãos dadas, encostavam-se à parede da plataforma e sonhavam com uma viagem daquelas. Crianças corriam como doidas para cá e para lá. Idosos, sentados nos bancos, com jornal debaixo do braço, não perdiam nada daquela agitação. A juventude se divertia puxando conversa com todo mundo. Os que subiam não cansavam de se despedir dos que foram acompanhá-los. Nesses vinte minutos de parada, a estação não cabia em si de tanta agitação.

- Já estou com saudades - dizia a jovem para o namorado que ia embarcar.

- É por pouco tempo, Gisele. Depois de amanhã nos encontraremos em Balnesul.

- Claro, querido. E vamos nos divertir à beça.

- Vou esperá-la com uma grande surpresa.

- Nem posso imaginar o que será, Pierre.

- Nem deve. Surpresa é surpresa.

- Dá-me só uma dica - experimentou ela, tomada de curiosidade.

- Pode tirar o cavalinho da chuva - sorriu ele, enigmático. - Depois de amanhã.

- Está bem - concordou a jovem. - Não está aqui quem perguntou. Depois de amanhã estarei lá para curtir com você os calores aquáticos de Balnesul.

- Se o trem não furar o pneu - brincou.

- Vira essa boca pra lá - censurou ela, golpeando três vezes na madeira do vagão.

O Expresso apitou longamente. Era o primeiro sinal.

O povo formigava. A confusão aumentava.

Gisele sentia um nó na garganta. Aproximou-se de Pierre e sussurrou:

- Eu te amo.

- Obrigado. Idem, idem! - respondeu ele, piscando marotamente.

- É resposta que se dê a uma garota apaixonada?!

- Você sabe, querida, que eu amo você. Meu amor é mais forte que essa montanha, mas tenho vergonha de dizer. Acho que isso é de família. Nunca vi meu pai dizer que amava minha mãe. E amava, indiscutivelmente.

Pela segunda vez, o Expresso apitou e pôs em

funcionamento as máquinas.

Gente que descia, gente que subia, numa zoeira tremenda. A estação estava febril.

Na frente, a um quilômetro, a montanha subia até as nuvens, toda açucarada.

Em contraste com Balnesul, este era o ponto mais frio da viagem.

Os passageiros desprevenidos, sequer desceram para respirar um pouco na plataforma. O vento leste soprava muito forte.

As lareiras da estação fumegavam a toda. Muita gente espremendo-se em torno, em animadíssima conversa.

Pierre puxou a namorada até próximo à porta do vagão e, bastante ruborizado, confessou-lhe:

- Gisele, eu amo muito você. De todo coração. Ficarei pensando em você, enquanto não chegar. Pode ter certeza que passaremos as férias mais lindas do mundo.

A moça não se conteve: apertou o rapaz nos seus braços e ambos beijaram-se ardorosamente.

O terceiro apito estrondoso soou na plataforma e foi morrer na neve da montanha fronteiriça.

Os motores das máquinas aceleraram o ritmo.

Os últimos passageiros saltaram para dentro, as portas se fecharam e os alto-falantes anunciaram:

"Vai partir o Expresso Balnesul. Queiram, por favor, tomar os seus lugares. E boa viagem".

Vagarosamente o Expresso foi se movimentando, enquanto as multidões trocavam acenos de despedida.

Onze horas da noite.

Tomando cautelosa velocidade, o trem desapareceu no meio da noite.

Apenas o branco da neve, fosforescendo ao luar, animava os passageiros a debruçarem-se junto aos vidros das janelas, nesse momento totalmente fechadas por determinação da Companhia Turística.

Logo, a meio quilômetro, o comboio já se contorcia numa curva arrojada para entrar num túnel de quatrocentos metros.

A saída do túnel abria a visão do despenhadeiro mais assustador da viagem. Muita gente, porém, nestas alturas já deixara de olhar para fora.

O restaurante lotou.

O bar animou-se em poucos instantes.

O ritmo barulhento da boate agitava o comboio e a noite.

Pelo menos metade dos vagões-dormitórios já tinham as luzes apagadas.

"Atenção, senhoras e senhores - ouviu-se uma voz feminina nos alto-falantes. - Bem-vindos os recém-embarcados. Boa-noite para os que nos acompanham desde o início da viagem. O restaurante oferece os melhores e mais saborosos pratos internacionais: Arroz à Grega, para isso trouxemos muitas gregas a fim de satisfazer seu apetite. Carne a Balnesul: corada por fora, quente por dentro. Frango à Moda Picos Nevados: branco por fora, duro por dentro. Camarão à Milanesa: também trouxemos as milanesas para envolver seu camarão. Batatas ao Murro: cuidado com os murros para não se machucar. Macarronada Provençal, mas queremos que também prove sem sal. Bife a Cavalo, com direito também aos arreios. Churrasco de Boi, feito com carne de vaca. Feijoada de Batatas. Bacalhau a Gomes de Sá: como o sr. Gomes não pôde vir, será substituído por Bacalhau à Nata, o preferido pela nata da sociedade. E outros pratos para todos os gostos possíveis e imaginários. Dirija-se ao Restaurante ou utilize nosso Room Service. Bom apetite''.

Os passageiros riam gostosamente das tiradas humorísticas.

Mas, o casal da cabine número oito mantinha-se alheio à voz do serviço de som. Há muito tempo, o relacionamento entre os dois vinha se deteriorando e eles tentaram uma melhor convivência programando a viagem a Balnesul.

Ele amava a mulher, mas amava também a liberdade. Entendia que a vida não podia reger-se por padrões rígidos, monolíticos, com pouco espaço de locomoção. Não via nada demais sair para um bate-papo com amigas, futebol com os companheiros, pescarias e excursões com colegas de empresa, jogar conversa fora no bar da esquina, festejar algum aniversário de pessoas de seu círculo de amizades. Era-lhe impossível restringir o seu mundo às quatro paredes da sua casa.

Ela sentia-se magoada, preterida e desamada. Reclamava insistentemente das ausências do marido.

- Faz horas que estamos aqui e ainda não conversamos - comentou Gine, olhando pela janelinha do comboio.

- É verdade - consentiu Eduardo. - Este livro sobre a vida de homens célebres prendeu a minha atenção. Você sabia que Leonardo Da Vinci, o famoso autor da "última ceia", era escultor, arquiteto e cientista? Desenvolveu projetos que são considerados como precursores da bicicleta, do avião, do helicóptero e do submarino. Além de tudo, Da Vinci, que viveu na Idade Média, realizando obras em Provença, Milão, Roma e outras cidades, era excepcional contador de fábulas e lendas. Ouça esta fábula: "Certo dia, um jovem macaco vinha saltando de galho em galho quando viu um ninho cheio de filhotes de passarinho. Encantado, aproximou-se e estendeu a mão para pegá-lo, mas como eles já sabiam voar, fugiram todos, deixando no ninho apenas o menor. Feliz como um rei, o macaquinho levou o passarinho para casa e achou-o tão lindo que se pôs a beijá-lo e acariciá-lo, apertando-o contra seu peito.

- Cuidado para não machucá-lo - disse a mãe-macaca.

- Mas eu gosto dele! - respondeu o macaquinho. - Gosto tanto dele!

E continuou a beijar o filhote de passarinho, a

brincar com ele e a abraçá-lo até que, finalmente, esmagou-o''.

- Interessante - comentou Gine, sem saber se tinha entendido a moral da história.

- Um pouquinho parecida com o nosso conflito, imagino eu.

- Como assim? - intrigou-se ela.

- O macaquinho quis proteger o passarinho tão exageradamente que acabou sufocando-o. Você sabe que eu a amo, sabe que gosto da sua companhia, sabe que a maior parte do meu tempo estou com você, mas quer manter-me sob suas asas o tempo todo e acaba sufocando.

- Se você me ama, vai preferir estar comigo - argumentou ela.

- Dizem que toda mulher é intuitiva, então como não percebe que a amo?

- E por que vai sozinho à praia, a aniversários, ao bar da esquina, ao futebol, às pescarias?

- Porque casamento não é prisão. Amar não significa ficar o tempo todo em casa. Amor é estado mental, existe mesmo quando um ou outro viaja, sai a divertir-se, vai trabalhar, assim por diante. O amor transcende o tempo e o espaço. O amor cresce e alcança as mais altas culminâncias na liberdade, por incrível que pareça. Eu, por exemplo, gosto de futebol, você não gosta. De três, uma: ou fico em casa para satisfazê-la, ou você vai contrariada, ou vou ao futebol sozinho. Você adora cinema e eu não me ligo em filmes, mas não a impeço de ir ao cinema. A vida a dois só é complicada quando o ciúme ou a irracionalidade passa a gerenciar os atos e fatos.

- Quando quero que fique comigo, Eduardo, não é para amarrá-lo, mas porque gosto de estar com você.

- Muito bem - aclamou o marido. - Amar também significa superar os ciúmes, agradar o outro, tolerar certas situações, e alegrar-se com as alegrias do outro.

- Eu preciso de você - suplicou Gine.

- Eu também preciso de você e isto é sintoma de amor. Precisar, porém, não significa amarrar o outro no seu pé. Significa gostar de conversar, de sentir a aura do companheiro, de fazer amor, de dormir junto, de apreciar a companhia, contar com o outro nas necessidades, nas dificuldades, nos sofrimentos, nos projetos. Isto acontece conosco. Não somos, porém, uma ilha. Eu sou eu, você é você, e graças a Deus que vivemos juntos. Se eu anulasse a sua personalidade, o seu eu-vital, por certo você não suportaria muito tempo: aí está uma das causas comuns de separações.

- Acho que estamos nos entendendo. Há muito que não encontrávamos tempo para dialogar, conferir nossos sentimentos e nossas idéias. Eu quero que você seja feliz comigo. Com a mesma alegria, boa vontade, entusiasmo, carinho e prazer dos tempos de namoro e de noivado, inclusive os felizes primeiros tempos de casamento. Nossa mais bonita meta será reaver o apego mútuo que nos unia em outros tempos. Lembra-se quando a gente fazia tudo para estar junto? E os telefonemas sem fim que trocávamos? Ainda revivo na memória aquelas vezes que tratávamos de escantear qualquer convite ou compromisso, para nos encontrarmos em algum lugar, e até mesmo para dormirmos juntos, sem que ninguém soubesse. Que tempo maravilhoso!

- Realmente, foram tempos inesquecíveis, porque estávamos apaixonados. O sentimento de amor era tão forte que se transformava em ímã, impelindo compulsivamente um para o outro. Ocorre que, depois de três ou quatro anos, o cérebro não reage da mesma maneira a esses estímulos, baixando drasticamente os níveis de oxitocina, que é o hormônio que produz essas sensações prazerosas. Se vai assistir um filme emocionante, por exemplo, você chora, se comove e os sentimentos explodem no coração. À medida que revê o filme, cada vez se sensibiliza menos, chegando o dia em que não reagirá mais. O cérebro acostumou-se aos mesmos estímulos. A rotina das imagens na mente foi suscitando cada vez menos hormônios até chegar praticamente a zero.

- Acha você que tudo isso acontece com os apaixonados? - perguntou, curiosa, Gine.

- Uns entendidos afirmam que é isso que acontece. Outros dizem que o esfriamento da paixão é uma necessidade orgânica para impedir desgaste excessivo.

- Então, toda paixão está fadada ao declínio fatal? - inquietou-se a mulher.

- A paixão sim. O amor não. A perenidade do casamento não está na intensidade da paixão, mas no amor tranqüilo, prazeroso, alegre, porque esse sentimento leva o cérebro a liberar endorfinas, hormônios que aliviam as dores, promovem o bem-estar, produzem alegria e agradáveis sensações vitais. O casamento, assim, é duradouro.

- É por isso que agora nosso casamento já não é mais o mesmo?

- Uma paixão não poderia durar oito anos. É o que dizem. E foi o que aconteceu conosco. Os casais que não sabem disso, ao perceber a evaporação dos estímulos esfuziantes do passado, consideram que o amor acabou e o casamento fracassou. Também os caçadores de emoções fortes vão pulando de galho em galho pelas mesmas razões.

- Neste caso, os arroubos da paixão não são nenhuma garantia de durabilidade da união, não é assim?

- Exatamente. A perenidade do casamento está no amor feliz, essa agradável convivência, sem cobranças desnecessárias. O amor subsiste quando é respeitada a individualidade e quando a individualidade respeita as necessidades comuns que fortalecem a união e o bem-viver.

- Ó, querido, eu estava seguindo um caminho equivocado para tornar feliz o nosso casamento! Comparava a situação atual com os primeiros tempos e via enorme diferença. Afligia-me, reclamava, e essas atitudes deterioravam nossa convivência.

- Mas, isto já é passado - consolou-a o marido. - Toda hora é hora de ser feliz e agora o sol voltará a brilhar no nosso planeta.

- Tudo farei para que assim seja. Eu amo muito você. Já tenho certeza que você me ama. Isto é o essencial do casamento. O resto é questão de bom senso.

- Exatamente - assentiu Eduardo. - É ter bom senso para saber administrar o dia-a-dia, as diferenças de gostos e de temperamentos.

- De fato - concordou ela.

- Eu não casei com um anjo caído do céu. E nem você. Conhece aquela piada em que conversavam dois homens sobre o casamento? Um deles disse: "Minha mulher é um anjo". O outro respondeu: "Sorte a sua; a minha ainda está viva".

Gine riu à vontade e deu um tapinha no joelho dele.

Eduardo continuou:

- Esse nosso problema é tão comum que é ilustrado por muitas piadas. Certa vez, a mulher voltou-se para o marido e disse: "Querido, tenho uma bela surpresa para você: hoje vamos sair e nos divertir". O marido aceitou de imediato: "Que ótimo! Se você chegar antes, deixe a luz acesa".

- Eduardo! - exclamou Gine, rindo à solta.

- O casal festejava vinte e cinco anos de casamento e quando quiseram saber o segredo de tantos anos juntos, ele explicou: "É que duas vezes por semana saímos à noite para jantar, à luz de velas, música suave, pratos especiais, uns passinhos de dança: eu vou na terça e ela na quinta".

- Você é demais! - explodiu a mulher.

- Uma idéia: vamos jantar?

- Você aqui e eu no restaurante à luz de velas? - brincou ela.

- Dessa vez cometeremos o sacrilégio de cear juntos, no restaurante, à luz das estrelas e ao som das montanhas nevadas. Concorda?

- Com corda e sem corda - sorriu Gine.

CAPÍTULO 7

Cabine sete. Três homens a ocupam. Misteriosos, não saem, não se deixam ver e falam pouco.

A conversa é monossilábica. Entrecortada de expressões raivosas.

Rádio ligado, whisky com batatinhas fritas, e silêncio pesado.

- Aquele filho da mãe vai pagar de uma vez por todas - resmungou Antônio Belí, o mais exasperado do grupo.

Anatole Saliero olhou para fora, reclinou-se mais confortavelmente, e mergulhou em enevoadas reflexões: não conseguia entender porque Girard não pagara os cheques na data aprazada. Era realmente um mau-caráter. Chamá-lo de imprestável seria elogio. Uma Companhia do porte da Expresso Balnesul, tão próspera e rica, não saldar uma dívida nem sequer para salvar da falência a empresa credora, era inominável safadeza. Digna do castigo que iam impor-lhe. Para um crime que brada os céus, um castigo que brada os céus. A decisão ele a tomara a muito custo e em momento de incontido desespero, mas que o homem e a Companhia mereciam, disso não tinha dúvida. Ainda assim, de vez em quando Saliero era mordido pelo arrependimento e sentia algum impulso de voltar atrás.

Já Antônio Belí, a voz mais alta e mais áspera dos três, estava decidido a manter a punição a qualquer preço. Cada vez que avaliava os esforços da Metalúrgica para a construção do mais moderno trem para a Companhia Expresso Balnesul e a insensibilidade criminosa de Girard, conversando e desconversando sempre que lhe cabia pagar as quotas acertadas, desprezando o contrato e a honorabilidade da sua assinatura, o sangue subia-lhe pela cabeça e tinha vontade de fazer adubo daquela massa humana imprestável.

- Dessa vez, nem Girard, nem o Expresso e nem a sua Companhia escaparão - ruminava ele em voz alta.

Os outros dois ouviam silenciosamente, um silêncio tão pesado que chegava doer.

- Ferrão, você montou o descompressor de ar conforme todas as indicações técnicas? - perguntou, por fim, Belí, para o misterioso terceiro homem.

Ferrão, vestindo capote tão escuro quanto sua mente, acenou que sim.

- Tecnicamente, é preciso perfeição no acabamento. A máquina libera uma pressão de ar xis na subida e desencadeia outra força de pressão na descida. O rompimento da mangueira só pode e deve ocorrer no último lance do declive da serra, quando nós já teremos descido na estação anterior. Espero que seus cálculos tenham sido precisos - acentuou Belí.

- Tem certeza que Girard viaja neste trem? - perguntou Saliero, como que tomado de súbito pressentimento.

- Absoluta - respondeu Belí. - Eu mesmo o vi no último carro-leito, cercado por seus comparsas, que lhe farão companhia nos quintos dos infernos.

Mais uma dose de whisky, novo silêncio prolongado, e os três caíram em profundo sono alcoólico.

* * *

A adolescentada do primeiro vagão continuava animada. Prometeram-se não dormir e assumiram a valentia. Apenas alguns pares de namorados escondiam-se por aí, em algumas poltronas, cuidando da própria vida.

O barbudo das piadas aquietou a veia humorística. Vez por outra olhava ao redor, tentando passar a anedota que lhe vinha à mente, mas faltava quorum.

Muita gente, junto às janelas, não perdia nada da visão deslumbrante que se sucedia a cada momento: montanhas, cumes, neves, pontes, túneis, curvas perigosas.

A boate fervilhava.

O restaurante era uma festa.

Nos vagões comuns, pouca gente dormia. Grupos daqui e dali conversavam em largos sorrisos. A família de Míriam e George estava impossível, nos primeiros bancos. Os filhos Luizinho, de oito anos, Marcelo, seis anos, e Júlia, quatro anos, brincavam, pulavam, tentavam abrir as janelinhas, e amolavam a paciência de todo mundo; parecia que tinham o capeta nas costas. Júlia, depois de algumas horas de correrias, recostou-se junto à mãe e adormeceu. Os outros dois continuavam a fazer folia.

Como acontece na maioria das vezes, acabaram brigando. Marcelo foi correndo pedir socorro ao pai, que chamou Luizinho e deu-lhe uma grossa reprimenda. Luizinho rebateu, o pai endureceu, xingando-o de mal-comportado.

- Foi o Marcelo que começou - defendeu-se o maior.

- Você é o mais velho e devia saber comportar-se - censurou-o o pai.

- Sempre eu sou culpado. O Marcelo faz burrice e eu pago o pato.

- Mas, você tem mais idade e deve ter mais juízo - insistiu George.

- Sempre eu, sempre eu - reclamou, de beiço torcido, o garoto. - O Marcelo faz arte, eu é que agüento. A Julinha quebra as coisas, eu é que devia ter cuidado melhor. Tu gostas mais deles do que de mim.

- Eu gosto de todos igualmente - retificou o pai.

- Um dia eu pego a mochila e vou pro Japão.

- É, o Japão fica logo aí - ironizou o pai. - Você

não tem dinheiro nem para limpar o traseiro e fica dizendo bobagem. Vá deitar-se aí na poltrona.

- Não tenho sono - rebateu Luizinho.

- Estou mandando!

- Eu vou, mas sob protesto - encerrou o pequeno, atirando-se na poltrona vazia.

George olhou para Míriam e quase estourou uma gargalhada, com a última tirada do filho.

Marcelo já estava quietinho no outro canto, bocejando como quem queria engolir um elefante.

- São boas crianças - sorriu Míriam.

- São mesmo - concordou George. - Mas, às vezes, a gente tem que dar uma bronca para pôr ordem no galinheiro.

- No outro dia, a Julinha me perguntou se Deus fez tudo perfeito e eu disse que sim. Ela não concordou: "Deus não fez tudo perfeito, porque a gente tem que ir à escola aprender".

- Na semana passada, o Marcelo me perguntou: "Pai, é verdade que a ameixa preta quando está verde é cor-de-rosa?"

Míriam riu e contou uma do Luizinho: "Mãe, quando a gente reza o Pai Nosso diz: "o pão nosso de cada dia nos dai hoje". Por que a gente já não pede pra todo o mês de uma vez?

- E você o que respondeu?

- Respondi que a gente pede o pão de cada dia porque ninguém gosta de pão velho e duro.

- Saiu-se bem.

No outro canto do vagão, outro pai, Orlando, procurava entreter seu filho de nove anos para que não fosse molestar os demais passageiros. Sabia que criança tem coceira nas pernas: não consegue ficar parada. Para um adulto, nada chateia tanto como uma criança agitada, que bate com os pés no banco da frente, derrama a bebida na roupa do vizinho, grita no ouvido daqueles que querem dormir e consegue acertar a orelha mais distante com uma bolinha de papel.

Orlando sabia disso e procurava segurar os arroubos de seu filho Pedrinho.

De repente, o garoto perguntou:

- Pai, como é que eu nasci?

Para evitar complicadas explicações, Orlando brincou:

- Foi a cegonha que te trouxe.

- E você como é que nasceu?

- Fui trazido por um anjo - respondeu ele, com a cara mais séria do planeta.

- E o vovô, como é que nasceu?

- Foi achado num pé de repolho - mandou ele, mal e mal segurando o riso.

- Quer dizer - arrematou o garoto - que nesta família há três gerações que não acontece um parto normal?

Orlando tratou de explicar-se:

- Eu estava brincando. Você nasceu na Casa de

Saúde.

- O que?! - espantou-se o pequeno - Eu estava doente?

Neste momento, passou um senhor calvo e Pedrinho exclamou:

- Olha aí, pai, aquele homem todo careca!

- Cala a boca, que ele pode ouvir - corrigiu-o o pai.

- Por quê? Ele ainda não sabe?

- Olha que céu lindo! - mudou a conversa Orlando, levando o filho à janela.

A paisagem era toda feita de magia e encantamento. As montanhas, à esquerda, refletiam prata ao luar. Imensos paredões escarpados pareciam monumentos de concreto segurando o planeta.

Pedrinho encostou o nariz no vidro da janela, olhou tudo num relance, e perguntou:

- Pai, quantas luas há no céu?

- Uma, por quê?

- Toda hora estão falando em lua nova. Eu acho que quando se gasta uma, eles botam outra nova.

Orlando riu-se.

- Pai - retornou Pedrinho.

O que será agora, pensou Orlando.

- Pai, os soldados têm medo de perder os pés?

- Por quê?

- Porque um dia passei no quartel e eles marchavam o tempo todo contando os pés: um, dois; um, dois; um, dois.

Três minutos depois, novamente o garoto:

- Pai.

- E agora o que é, meu filho?

- Sabia que o tio Jerônimo é parecido com o hipopótamo?

- Isso não se diz, meu filho.

- Não faz mal. O hipopótamo nem conhece o tio Jerônimo.

* * *

Isolada de tudo e de todos, Lizandra, a jovem mulher que viajara no mesmo táxi de Arnoldo e Lucília, cozinhava em fogo lento as agruras da sua vida. Casara há dois anos, mas não conseguia entender-se com o marido. Ela, romântica e delicada; ele fogoso e pragmático. Ela sonhadora; ele realista até a ponta dos cabelos. Ela pensava com o coração; ele com a cabeça. Ela analisava a moda, o requinte do traje, o efeito da roupa sobre a silhueta do corpo esguio; ele analisava o dinheiro que custava e o tamanho do orçamento. Ela apreciava restaurantes sofisticados; ele adorava churrasco de beira de rio. Ela se ligava em novelas de tevê; ele furungava os canais até achar humorismo. Ela se entretinha na leitura de romances; ele só queria enredos policiais. Mas, o pior não era isso. Era na cama. Aí não tinha jeito. Do primeiro beijo à ejaculação parecia corrida de fórmula um: só interessava a chegada.

Ela nem se dava conta do que acontecia e ele já se virava para o seu canto e dormia. Incrível. Como podia existir gente assim?! Uma relação prazerosa que poderia estender-se por momentos sem fim, ele a liquidava em três tempos. Um beijo na boca, mais um em cada seio, a mão percorrendo a vagina, o capítulo final, e pronto. Fazer sexo não é maratona. Nem ato unilateral. Sua amiga contava a mesma coisa sobre o marido. Como Kátia dizia, aquilo era sexo militar: ''Posição sentido; direita; esquerda; em frente; alto; descansar''. Será que os homens são assim mesmo? Se forem, quanto atraso e ignorância! Bem diferente de uma transa compartilhada, onde cada um tem vez e prazer de beijar, acariciar, massagear, tocar o corpo todo, demorar-se deliciosamente nas partes erógenas, aquelas regiões de estremecimento compulsivo que cada pessoa tem no seu território físico, depois voltar a massagear e acariciar novamente desde os cabelos até os pés; pelas costas e pela frente; sem pressa e sem responsabilidade, até a explosão orgásmica... Mesmo que um ou outro não alcance o clímax, serão momentos tão gratificantes e prazerosos que dispensarão qualquer desculpa de dor de cabeça e indisposição. O azar é que ele pensa que, chegando à ereção e ejaculação, automaticamente acontece igual prazer à mulher. ''A verdade é que ele nunca me satisfez - monologava ela - e eu já não faço questão desse momento. Conheço amigas que saem tão frustradas de uma relação sexual que vão mastubar-se no banheiro. Para os homens, os louros; para nós, as cebolas, como diz a velha frase. Por que tem que ser assim? Bom, claro que ele procurava compreender-me e navegar nas minhas águas sutis, mas não conseguia. Nem se dava conta de que não conseguia. Para ele, esforço e tentativa eram o mesmo que realização objetiva. Uma confusão dos diabos. Mas, isso era até passável. O difícil de agüentar eram os conflitos intermináveis, que geravam uma aura negativa e nefasta na casa. Por que devo ser eu a fazer comida, limpeza, lavar e passar a roupa, fazer o mercado? Tanto ele quanto eu trabalhamos fora, daí que os afazeres da casa deveriam ser solidariamente repartidos. Está certo que minha mãe e minha avó, na sua época se comprometiam com toda a vida doméstica, mas hoje os tempos são outros. Agora ninguém é mais e nem menos do que ninguém. Vida a dois é vida a dois. Coisa que ele ainda não entende''.

O apito longo do Expresso tirou-a das reflexões e a fez aproximar-se da janelinha. Aí na frente, um túnel abriu a bocarra e engoliu o comboio. Foram instantes de escuridão total. Pior do que a alma dela.

Passando o túnel, a sua visão pôde expandir-se à vontade sobre o imenso vale, lá embaixo, a mais de mil metros de profundidade. A lua tingia de cintilâncias as profundezas do abismo.

Lizandra olhava e não via.

Sua imagem era outra: pelos confins da sua tristeza.

A lembrança mais aguda se fixava na tempestade conjugal que a fez sair de casa impulsivamente e tomar o rumo de Balnesul.

''Mesmo que eu não tivesse razão - meditava - ele não podia me ofender daquele jeito. O que me disse não se diz nem para o pior inimigo. Sei que me descontrolei, mas ele foi além dos limites. Não era mais gente, era um leão rugindo, um gato arranhando meu ego, um trator derrubando meus sonhos. Ofendeu-me, xingou, mandou-me às favas, plantar batatas, comer capim, pastar no campo, e até gritou que ninguém me prendia naquela casa. Estava me mandando embora. Que horror! Monstruosidade! Ele é que devia comer capim, porque agia como animal irracional. Não suporto mais tanta estupidez. Não sou capacho de ninguém''.

Lizandra deu um longo suspiro, espichou as pernas, remexeu-se um pouco, e afundou-se novamente nos seus abismos interiores, onde o ódio agora cedia lugar à decepção.

''Quem diria que tantos sonhos de amor fossem acabar desse jeito! Como eram lindos nossos encontros! Ele, todo gentileza, geralmente aceitava meus programas, procurava agradar-me, alegrava-me com inesperadas surpresas. Amigo de toda nossa família, até parecia que tinha casado com todos nós lá de casa. Isso me deixava satisfeita. Por que tinha que mudar? Será que todo casamento é assim? Deus me livre. Não pode ser''.

Talvez por telepatia, ou por coincidência, Lucília e Arnoldo lembraram-se, neste momento, de Lizandra.

- Como estará nossa amiga? - perguntou Lucília, recordando as cenas do táxi.

- A viagem deve estar fazendo bem a ela. A solidão faz pensar.

- Vamos procurá-la? - entusiasmou-se Lucília. - Afinal, não foi por nada que Deus a colocou no nosso caminho.

- Vamos - concordou Arnoldo.

* * *

Numa das curvas mais severas, o trem encolheu, dobrou, serpenteou, e, por instantes, a música da boate inundou todos os vagões. Lizandra sentiu a alegre vibração dos acordes musicais e desviou a atenção para a festa que acontecia naquele vagão, imaginando que também poderia estar lá com seu marido, se a sorte não tivesse sido tão madrasta.

''Na verdade - pensou - até seria bom ir lá arejar as idéias ao som do rock, do fox, da valsa, de qualquer ritmo. Isso de ficar enrustindo o passado não é nada saudável. Preciso sair de mim, pular e dançar até desencascurrar todo pesadelo''.

- Olá!

Eram Arnoldo e Lucília.

- Oh, que surpresa! - exclamou Lizandra, buscando esconder seu desconsolo.

- Que tal a viagem? - perguntou Lucília.

- Estou tentando esquecer as amarguras do casamento. Mas, sentem-se aqui nessas poltronas. Estão desocupadas. Sentem-se, por favor.

- Obrigado - agradeceu Arnoldo, sentando, enquanto a amiga ocupava a poltrona ao lado.

- É uma viagem deslumbrante, não acha? - perguntou Lucília.

- Deveria ser - respondeu Lizandra. - Mas é uma grande verdade que a gente enxerga a vida com os olhos do coração, porque até aqui não consegui me desligar do conflito conjugal. A viagem oferece a cada momento cenas de extrema beleza, mas eu não vejo nada além da fossa em que estou metida.

- Isso passa - confortou-a Lucília.

- Eu não sei se o meu coração sonhou demais ou se o casamento foi um fracasso. Estou frustrada. Deprimida. Sinto-me como um cachorro depois de uma surra na rua.

- Tudo tem solução - acalmou-a Arnoldo. - Você é muito maior do que qualquer crise. Faça um inventário dos seus sonhos doirados, do amor que existe no seu coração, dos seus desejos de felicidade, das alegres expectativas de vida que sempre a acompanharam, e verá que, em todo esse episódio, você ficou com a melhor parte.

- Além disso - completou Lucília - você é jovem, bonita, cheia de vida, rosto de princesa, cabelos de boneca, elegante de fazer inveja a manequins, olhos da cor do céu, voz meiga e delicada, é uma obra-prima de Deus.

Lizandra quedou-se surpresa com tão lisonjeira descrição. Nunca havia se imaginado assim. Nem nos dias mais otimistas.

- Bondade sua - sorriu ela.

- Verdade, Lizandra! - reafirmou Lucília. - Não feche os olhos para essa bela realidade.

- É que me sinto como a gata borralheira.

- Nada disso - corrigiu Arnoldo. - O grande sábio da Bíblia, o famoso Salomão, disse que assim como a gente se imagina, assim é. E Joseph Murphy, autor de muitos livros sobre o Poder da Mente, afirmou: ''Você se transforma naquilo que imagina ser''. Por isso, minha amiga, nada de pensar negativamente.

- Mas, é verdade - desculpou-se Lizandra.

Arnoldo colocou o dedo na testa dela e falou:

- Verdade é aquilo que você coloca na mente. Qualquer coisa em que você acredita, torna-se realidade na sua vida. Tanto positivamente, quanto negativamente.

- Como é que sonhei com a felicidade no casamento e não aconteceu? - contestou Lizandra.

- Enquanto você acreditou nesse sonho, ele foi realidade para você. Haja vista que você casou. Se o marido não satisfizesse as expectativas de felicidade, não teria casado. Não passaria de breve namoro. Segundo as leis da mente, nós nem sequer podemos evitar que os nossos pensamentos e as nossas crenças se tornem verdade na nossa vida.

- Eu quero ser feliz no casamento. Por que não acontece?

Arnoldo aproveitou para passar a ela o que aprendera numa jornada sobre o Poder da Mente:

- Sim, você quer ser feliz e deve ser feliz, independentemente do que ocorre no casamento e no mundo exterior. Felicidade é estado mental. Como só você tem acesso à sua mente, só você pode fazer-se feliz. Pense felicidade. O pensamento é realidade mental, que se faz realidade física. Sonhe felicidade: todo sonho acreditado é infalível.

- Mas - interveio Lizandra - o meu casamento não é feliz.

- Casamento é realidade feita por duas pessoas. Se você é feliz, cinqüenta por cento do casamento é feliz. Basta que a outra metade colabore um pouco e já temos setenta por cento do casamento feliz. Por ser fenômeno a dois, requer entrosamento, solidariedade, parceria, companheirismo, interação. São palavras que significam dois em sintonia e sintonia significa unidade.

- Com certeza - ajuntou Lucília - entre vocês existe amor, mas falta interação. Esta acontecerá, mais dias menos dias, como resultado do bom entendimento, da compreensão, do respeito pela individualidade, da capacidade de administrar as diferenças, enfim da boa vontade dos dois.

- No começo - explicou Arnoldo - tudo era festa. Depois, pelo simples fato de viverem na mesma casa pessoas de hábitos e cultura diferentes, os atritos acontecem, mas hão de servir para o mútuo conhecimento e não para o desentendimento.

Lucília completou:

- Mais tarde, como o sacudir da carroça acomoda as abóboras, vocês entrarão em fase de harmonia, cordialidade, boa convivência e felicidade.

Lizandra queixou-se:

- Acho que a felicidade foi embora.

Arnoldo lembrou-se de uma comparação:

- Dizia alguém que a felicidade está no nosso próprio quintal, mas é provável que esteja coberta de capim.

Lizandra sorriu. Bom sinal.

Arnoldo aproveitou:

- Tem aquela piada do casal que festejava trinta anos de casamento. Quando o netinho perguntou como conseguiram viver juntos e felizes tanto tempo, ele respondeu: ''Vou contar-te o segredo: um de nós fala e o outro não escuta''.

- Isto quer dizer - comentou Lucília - que o casamento deve ser levado na esportiva, sem muita severidade, sem cobranças exageradas, essas que ocorrem na base do dente por dente, olho por olho. A tolerância é a mais bela virtude do casamento.

Diante da animação geral, Arnoldo sugeriu:

- Tenho uma idéia: Vamos jantar no restaurante?

- Vamos, concordaram as duas.

* * *

A caminho do bar, Lizandra apontou para uma adolescente que jazia num canto do vagão, em estado desolador. Rosto pálido, cabelos descuidados, cobertor sobre as costas, algumas lágrimas incontidas, a menina procurava esconder-se de tudo e de todos.

- Aquela garota - cochichou Lizandra - deve estar passando por maus bocados. Vocês, que têm esse mundo tão bonito dentro de si, quem sabe poderiam colocar um pouco de sol naquela alma.

Arnoldo e Lucília olharam para o lado assinalado e ficaram impressionados.

Lucília ficou extremamente penalizada e falou:

- Arnoldo, acompanhe a Lizandra até o bar, que eu vou logo mais. Agora senti vontade de fazer algo por aquela menina, que deve estar vivendo a pior das tempestades.

- Está bem - disse Arnoldo e seguiu com Lizandra.

A garota, na verdade, vivia um drama insuportável. Por mais que buscasse luz, só via túnel escuro. Jamais desejou cair nessa situação, mas agora não adiantava lamentar o acontecido. Imaginar que poderia ter evitado, só agravava o sofrimento. É fato consumado e pronto. Mas era justamente o fato consumado que a colocava nesse beco sem saída. Não via solução. Todos os caminhos conduziam à desgraça, no seu entender. Esgotada de tanto pensar o seu problema, mergulhara numa confusão caótica. O peso que carregava sozinha, debilitava suas forças e não sabia quanto tempo ainda conseguiria suportar o fardo. A depressão alcançava níveis de risco. Por diversas vezes pensara em acabar com a vida, mas chegou à conclusão que, das tragédias, esta seria a pior.

''Eu sabia que podia acontecer - recriminava-se ela - por que fui aceitar o jogo? Agora posso avaliar o tamanho da minha bobeira. Mas, naquele instante, como podia eu resistir? Bem que tentei, de alguma maneira, impedir a consumação, mas ele estava alucinado e deu no que deu. O pior é que ele sumiu e me deixou empenhada. O que é que faço, meu Deus? Se continuo, minha família me crucifica; se interrompo, arranjarei um trauma para o resto da vida. Só um milagre resolve o meu drama.

- Olá!

Era Lucília que se aproximava da garota, tentando abrir conversa.

A jovem soergueu os olhos, muito surpresa. Não tinha amigo e nem conhecido no Expresso, como alguém vinha cumprimentá-la? Não sabia se retribuía a saudação ou se virava as costas. Acabou respondendo com um chocho olá.

Lucília sorriu para a menina, sentou-se ao lado, e arriscou:

- Vejo que está na pior. Curtir uma desgraça, sem ter um ombro amigo, deve ser muito doloroso. Talvez eu possa ajudá-la. Ou pelo menos ouvi-la.

- Ninguém pode me ajudar - descarregou a jovem, sem nenhuma vontade de falar.

- Sei que seu drama é muito pessoal, mas se quiser uma amiga, conte comigo aqui e debaixo da água - sorriu Lucília.

- Eu não conheço você. Nunca a vi nem mais magra e nem mais gorda - agrediu a garota.

- Não importa. As grandes amizades começam com um encontro qualquer. Não há nada mais inesquecível do que começar uma amizade no Expresso Balnesul, em plena montanha nevada, numa noite estrelada, concorda?

- Por que você veio falar comigo? Não estou com nenhuma vontade de conversar. Deixe-me em paz.

Lucília não desistiu:

- Pois, é exatamente isso que desejo: deixá-la em paz. Para tanto, quero ajudá-la a desabafar seu sofrimento. Seu eu puder deixá-la em paz, me alegrarei muito.

- Não foi isto que eu quis dizer - reclamou a menina.

Lucília afagou-lhe os cabelos e experimentou:

- Vamos ver se descubro a causa do seu drama: fugiu de casa...

A garota não disse nada.

Lucília continuou:

- Levou um tremendo fora do namorado...

A jovem olhou-a, perplexa:

- Você é vidente?

- Mais ou menos - sorriu a moça. E acrescentou: - Bom, ainda não nos apresentamos. Eu me chamo Lucília. E você?

- Isis - disse ela.

- Isis, bonito nome. Você viu, Isis, que sozinha não conseguiu resolver seu problema. Não custa tentarmos solucioná-lo juntas, não acha?

Isis estava irredutível:

- Meu caso não tem solução. Não adianta.

- Diz o velho ditado que duas pessoas pensam melhor que uma só.

A garota finalmente descarregou:

- Cometi um erro, sem volta, e agora tenho que enfrentar as conseqüências.

Lucília teve uma intuição:

- Você está grávida.

Isis arregalou os olhos mais uma vez e perguntou:

- Como é que você sabe?

- Sabendo. Está certo que é problema sério, mas não há razão para desesperar-se. Afinal, toda gravidez encerra o milagre da vida.

- Acontece que sou adolescente, solteira, estudante, sem emprego, e esta gravidez é absurdamente fora de propósito. Quando meus pais souberem, estou perdida. Expulsam-me de casa. E aonde vou parar, sem dinheiro, com um filho a tiracolo?

- Está pensando em aborto?

Isis abanou lentamente a cabeça e pensou alto:

- Seria uma solução piorada, porque a oposição dos pais um dia há de terminar, principalmente quando colocarem no colo aquele que é seu netinho. Sei que algum dia será aceito e festejado; ao passo que o aborto me criaria terrível complexo de culpa por ter acabado com uma vida indefesa que trazia comigo e que dependia unicamente de mim.

- Outra solução seria doar o filho a alguma família que quiser adotá-lo e, sem dúvida, são inúmeras as famílias que o desejam ardentemente.

- Isso é fácil de falar, difícil de fazer.

Lucília mostrou-se compreensiva:

- Que bom que você abriu seus sentimentos. Vejo que meditou muito. Pelas suas considerações, parece que prefere ter o filho.

Isis fixou os olhos num ponto vago e previu:

- Mas, será um calvário. Meus pais se revoltarão contra mim. Ficarão furiosos, dirão que sujei o nome deles, que sou ingrata, coisas assim. Os manos sentirão vergonha de mim e todos se juntarão para me mandar para longe.

- Acho que você está vendo o quadro escuro demais. As pessoas são melhores do que se imagina.

Sua mãe compreenderá a sua situação, talvez algum mano também...

- Mas, o preconceito e o tabu falarão mais alto.

Lucília voltou a ponderar:

- Olha, você está gerando uma vida e a vida, em si, nunca é um erro. Vida é vida, dom de Deus. Erro pode ser apenas o modo como aconteceu ou o momento impróprio em que aconteceu. Mas, vida é sempre um milagre divino. Afora isso, errar é humano. Você pode ter errado, mas não é um erro. De mais a mais, seus pais são sempre seus pais e não a abandonarão, pode ter certeza. Na verdade, o amor perdoa todos os pecados.

Isis relutava:

- Meus pais são severos, rigorosos, e não aceitarão minha gravidez. Gravidez é fácil de explicar e aceitar quando ocorre na família dos outros. Se acontece na própria casa, afloram os preconceitos, a intolerância, a agressividade.

A adolescente desabou na poltrona e continuou:

- Eu estou apavorada. Isso nunca podia ter acontecido. Minha família não aceitará; meus colegas de aula me encherão de piadinhas imbecis; na minha rua, todos cochicharão malevolamente; os parentes sentir-se-ão constrangidos; ninguém quererá casar comigo por causa do filho; e eu não tenho nem onde me esconder. Às vezes, penso em acabar com tudo, mas não tenho coragem.

- Eu compreendo - condescendeu Lucília.

- Já tive ganas de fazer um aborto e resolver o problema de vez. Depois, penso que não é justo para este ser indefeso, que não pediu para nascer. Então, vem-me vontade de acabar comigo mesma; aí, percebo que o filhinho também perderá a vida por minha causa e fico girando num círculo sem saída.

Lucília animou-a:

- Vai dar tudo certo, fique tranqüila. Tudo tem solução. Invoque a Sabedoria Infinita para que ilumine seus passos e deixe as coisas acontecerem naturalmente. Verá que as pessoas e o mundo são melhores do que você imagina. Tenha fé. A fé remove montanhas.

- Você diz isso porque não está na minha pele - contrapôs Isis.

Lucília pegou a mão da jovem e falou do fundo do coração:

- Quero colocar-me na sua pele, Isis. Conte comigo. Se você não for aceita e o bebê não for desejado, venha à minha casa que lhe darei abrigo.

Isis fez-se orgulhosa:

- Eu entrei, eu devo sair.

Lucília levantou-se e despediu-se:

- Agora preciso estar com meus amigos, no bar. Mas, ainda nos encontraremos nessa viagem. Fique calma. Estou com você.

Lucília beijou a garota e foi ao bar, onde Arnoldo e Lizandra a esperavam.

CAPÍTULO 8

A madrugada ia alta quando o Expresso chegou à Estação Véu de Noiva. Encravada na bifurcação da montanha, a estação era cercada por um aglomerado de casas, cujas chaminés fumegavam sobre os telhados. Feitas em madeira forte, estilo chalé, cumeeira quase vertical, luzes mortiças transparecendo de algumas janelas, esta era a paisagem em torno da Estação. Lugar belíssimo. O Rio Correntoso, formado pelo contínuo degelo, despencava-se de uma altura de cem metros, polvilhando-se como véu de noiva, daí o nome. Quase vertical à estação, subia uma avenida, tomada de lojas, hotéis, danceterias, cervejaria, lancherias e restaurantes. Tanto no verão como no inverno a cidadezinha recebe bom número de turistas, escaladores, aventureiros, esquiadores. Há sempre vida animada em Véu de Noiva. Na estação ferroviária, um grupo de turistas aguardava, de malas e bagagens, o Expresso.

Ali, a chegada do Expresso Balnesul é sempre um acontecimento. Por conta da Prefeitura, uma banda de música festeja a passagem do comboio. Dez músicos, com seus trajes montanheses verdes, pretos e vermelhos, sob o aquecimento da lareira da estação, executam músicas alpinas.

Os maquinistas fazem uma rápida revisão nas máquinas e, depois de um apito modorrento, põem em movimento o trem, com o sininho a tocar para quem quisesse ouvir.

Ia começar a etapa mais perigosa da viagem.

O trem desapareceu na curva e a banda continuava a derramar acordes vigorosos, que ecoavam de encontro aos penhascos e contrafortes da montanha.

As máquinas seguravam cautelosamente nos freios toda a composição.

Uma densa neblina pintava de nuvens todos os espaços vazios.

Aos poucos, sucediam-se pontes, viadutos, túneis, rochas escavadas.

Quinze minutos após a Estação Véu de Noiva, o comboio alcançou a famosa ponte sobre o Rio Correntoso, cujas águas explodiam sobre as pedras, com fúria avassaladora.

O Expresso avançava lentamente, às vezes quase parando.

No vagão da cantoria jovem, Lúcio pegou na mão de Dora e disse:

- Chega de cantar. Vamos sair um pouco?

- Do trem? - perguntou ela, fingindo-se espantada.

- Claro que não - sorriu ele. - Vamos andar por

aí, ver outras paisagens, quem sabe sentar na plataforma traseira do vagão?

Sem esperar qualquer resposta, Lúcio foi puxando a amiga.

Apesar do friozinho cortante, sentaram bem juntinhos, na plataforma do trem. O rapaz abriu a mochila e tirou um cobertor de pura lã, envolvendo os dois. Apertaram-se o mais possível, para se aquecerem mutuamente.

- Veja que paisagem linda! - mostrou ele.

- Se fosse de dia - disse ela - poder-se-ia contemplar melhor a grandiosidade da montanha, as neves que ainda se seguram nas bordas dos despenhadeiros, e a profundidade dos abismos.

- É verdade. Esta cerração também não ajuda nada. Mas, tem uma vantagem.

- Qual? - perguntou, curiosamente, Dora.

- Faz a gente concentrar-se na paisagem interior.

- Que paisagem interior? - intrigou-se ela.

Lúcio sorriu e explicou-se:

- A paisagem do coração.

Apertou fortemente a jovem contra si e sussurrou:

- O seu coração é a mais linda paisagem que existe.

Dora olhou-o nos olhos e perguntou:

- Paisagem? Isso é poesia ou é turismo ecológico?

- É amor - arriscou ele, beijando-lhe a face esquerda.

- Amor poético ou ecológico? - tornou ela, com

vontade de se divertir.

- Esses dois amores são uma ameaça à felicidade - filosofou Lúcio.

- Por quê?

- Porque o amor poético paira nas nuvens e o amor ecológico está assentado na terra. E o coração fica extraviado entre os dois.

- Engraçadinho! - exclamou Dora, sorrindo da piada.

Lúcio olhou o rosto da amiga e admirou-a:

- Você é linda. Alguém já lhe disse isso?

- Já.

- Quem?

- Você.

- Eu e mais todos os colegas da escola? - gozou ele.

O frio apertava cada vez mais e o cobertor já não era suficiente.

Instintivamente, ambos encolhiam-se sob a proteção do agasalho.

Lá fora, de vez em quando abria-se alguma cena fantástica, que deixava os dois boquiabertos.

Lúcio tocou suavemente o seio direito da jovem e beijou-a no rosto, um tanto quanto excitado.

- Você já fez amor alguma vez? - perguntou ela, tentando entrar na intimidade dele.

- Já.

- Quando?

- Bom, sem contar as brincadeiras sexuais da

meninice, a primeira experiência foi com catorze anos.

- Transou fundo?

- Mais ou menos. A menina era virgem, foi superficial; de mais a mais, num banheiro, às pressas.

- Adorou?

- Eu adorei, porque senti prazer; ela eu não sei, porque não me contou nada.

- E namoraram? - quis saber Dora.

- Não, isso é fogo de palha. A gente se encontra, conversa, se atrai, sente um fogo por dentro e, quando possível, acontece. Não tem essa de namoro. Para nós, não passa de experiência.

- É assim: acontece e ponto final? - admirou-se a jovem.

- Vou lhe explicar do jeito que eu sinto: na adolescência a gente desabrocha sexualmente. A energia é transbordante, tanto que às vezes ocorre à noite aquilo que chamam de polução; daí que as fantasias sexuais, quando pinta uma menina no pedaço, são excitantes, e a vontade de transar vai a quarenta graus à sombra. O rosto, os cabelos, a voz, o corpo, o volume dos seios, a roupa, as pernas, tudo leva a pensar naquilo. Mas a gente se contém, porque parece uma coisa indevida, indecorosa. Também, o medo de levar um fora complica mais ainda a situação. O melhor momento sucede quando a gente tem oportunidade de ficar longo tempo a sós com a menina; daí, a conversa tem chance de cair na sensualidade, na curiosidade, e instigar a sexualidade. Então, a gente fica.

- Mesmo sem amor? - voltou a insistir a jovem.

- Claro que existe amor. Sempre há amor.

- Sempre? - surpreendeu-se Dora.

- É que há amor e amor - distinguiu ele.

- Como assim?

Lúcio acariciou-a nos cabelos e explicou:

- Há o amor que liga definitivamente as pessoas, conduzindo-as à unidade, que, em outras palavras, é o casamento, a vida a dois. E há o amor-relâmpago, instintivo, que atrai, sensualiza, libera a química sexual e leva os dois ao paraíso. Este é momentâneo, embora super-legal; o outro é duradouro.

Dora tinha dificuldade de entender:

- E termina por aí?

- Às vezes sim, às vezes não. Há casamentos, cujos encontros começaram na adolescência. Mas, você não vai querer que um adolescente já esteja pensando em casamento. Você sabe tanto quanto eu que essa idade é prematura, verde, sem a mínima condição de união duradoura.

Dora, que naquele instante sentia frêmitos amorosos pelo companheiro, murmurou:

- Sabe, Lúcio, eu, quando amo, sinto uma dimensão tão imensa, que imagino que este amor jamais terminará. Só penso ele, almoço ele, janto ele, durmo ele, sonho ele, tudo é ele. Um amor assim atravessa a eternidade.

- Aí é que você se engana - contrapôs Lúcio, bem mais vivido que ela. - Eu também tive esses mesmos sentimentos. Acontece um fogo tão avassalador que parece que jamais se apagará. Mas, apaga-se mais rápido do que se pensa. Uma vez, até, só não disse aos meus pais que queria casar com uma menina da escola, porque tive vergonha. Para mim, ela era única, absoluta, insubstituível, improrrogável. Não passou de fogo de palha. Sumiu. Vê-la agora é o mesmo que contemplar a estátua de Madame Curie, que está lá na Praça do Miradouro.

- Eu penso diferente - contestou Dora.

- Que idade você tem? - perguntou Lúcio, admirado da inexperiência da jovem.

- Dezoito anos.

- E nunca transou?

- Claro que sim.

- Preocupou-se quando deixou de ser virgem?

- Isso não. Um dia tinha de acontecer.

- Foi sensacional?

A jovem parou para pensar.

Lúcio apertou-a nos braços, demonstrando muito carinho.

Por fim, ela se abriu:

- Foi e não foi. Como a pressa é inimiga da perfeição, não deu para curtir uma legal.

- Gostava dele?

- Demais. Um amor do tamanho do mundo. Uma

noite, estávamos a sós no carro e pintou um clima super-legal. Beijos. Abraços. Tudo. Mas o local não era favorável: bancos apertados, pouco espaço. Ele ficou tão excitado que, quando aconteceu, eu ainda estava a meio caminho. Mas, não posso me queixar. Foi mais ou menos bom. Só que devia ter sido num outro lugar, com bastante tempo e espaço. Serviu como experiência agradável, prenúncio do que poderia acontecer numa transa bem curtida.

- E não casou com ele, não é mesmo?

- Que pergunta! - xingou a jovem.

- Calma. Apenas queria confirmar o que falei há pouco. Amores adolescentes são amores adolescentes, nada mais. Isso eu aprendi e digo para quem quiser ouvir. Sua primeira transa aconteceu, passou, e só restam recordações no álbum da vida.

- Depois tive outras experiências gostosas, porque sempre fiz questão de estar junto de rapazes que sintonizavam comigo, que me eram simpáticos, gentis e amorosos. Até já fiquei apaixonada. Só pensava nele. As matérias da aula não entravam mais na minha cabeça, porque ele tinha tomado todos os espaços. Meu ano escolar chegou a correr perigo. Era Deus no céu e ele na terra. Só que um dia o vi namorando outra garota e o sonho evaporou.

- Coisas da nossa idade - consolou-a Lúcio.

- Com o tempo, percebi que existe diferença entre mulher e homem. Ele busca essencialmente o sexo. O sorriso, a conquista, as gentilezas, os convites, os elogios, as declarações, os programas, são caminhos para chegar ao sexo: aí é a glória.

- E tem mal nisso? - atacou Lúcio, tomando a defesa da sua espécie.

- Não tem. Só estou apontando as diferenças. Nós, as mulheres, eu pelo menos, me satisfaço plenamente quando sexo é uma decorrência natural, espontânea, não-necessária, dos sentimentos de amor, de carinho, de interação. Nós amamos o amor; vocês amam o sexo. Nós amamos a felicidade; vocês são felizes na sexualidade.

- Graças a Deus - pontificou Lúcio.

- Não ponha Deus aí - repreendeu-o a jovem.

- Ponho. Porque isso revela a sabedoria de Deus. Fez o homem de uma maneira e a mulher de outra, para que os dois sejam necessários numa relação perfeita. Um complementa o outro e ambos fazem o banquete da vida. São as duas faces de um relacionamento maravilhoso. Ele oferece sexo com amor; ela oferece amor com sexo. A cumplicidade é o êxtase.

- Estou começando a dar-lhe razão. Nunca tinha ouvido esta colocação - concedeu Dora.

- Obrigado - sorriu Lúcio.

Abraçaram-se silenciosamente.

A jovem beijou-o com carinho, sussurrando:

- Você é muito querido. Adorei estar com você.

- Este é o momento mais lindo da minha vida! -

emocionou-se ele.

- Eu amo você! Estou nas nuvens, querido!

O rapaz beijou-a nos lábios e não se conteve:

- Dora, querida menina! Meu amor! Coisa mais linda!

Lúcio era todo excitação. Desabotoou o blazer da menina e foi derramando beijos sofregamente, com vontade imensa de fazer amor.

- Você tem camisinha? - perguntou ela, um tanto envergonhada.

- Tenho - respondeu ele, pondo a mão no bolso. - Seria brincar demais com o perigo, se não usasse.

- Seria insensatez - completou Dora. - Aids, doenças transmissíveis, gravidez. Não podemos permitir que um momento celestial se torne pesadelo.

- Fique tranqüila. Primeiro a gente pensa com a cabeça; depois com o coração; e, por fim, deixamos que nossos corpos falem a mais excitante linguagem da face da terra.

O cobertor rolou e para eles não havia mais trem, nem montanha, nem frio, nem neblina. Só havia o paraíso.

* * *

No segundo vagão, solitária no seu canto, com olhos de peixe morto e mente embotada, jazia, afundada na poltrona, uma senhora de meia idade, psiquicamente perturbada. A cabeça em frangalhos, depressão nas últimas, afogada em comprimidos de toda espécie, estava em petição de miséria.

Viajava mais para acabar com a vida do que por qualquer outra razão. Aliás, a vida para ela não tinha nenhuma razão. Não passava de carga insuportável, destino cruel, injustiça desumana. Até Deus a tinha esquecido, no seu entender.

Sofrimentos, doenças, desgraças, maldades, eram vampiros que lhe sugavam o sangue da vida.

Desde jovem vivia nessa desesperança, peregrinando de médico em médico, em busca de cura ou de doença.

Uma vez casada, continuaram os mesmos males, apenas mudando de nome.

O marido a acusava de maníaca por doenças; isso mordia-lhe o ego e a prostrava ainda mais. Foi conferir com psiquiatras, analistas, psicólogos, padres, parapsicólogos, mas todos estavam mancomunados para esconder-lhe a verdade. Como que não estava doente? Queriam saber mais do que ela, que sentia tudo na carne?

Viver, uma desgraça. Os remédios, um blefe, apesar de serem seus únicos companheiros inseparáveis. Lá estavam seus armários cheios de remédios, de bulas, de frascos vazios, mas resultados, nada ao quadrado.

Calmantes, estimulantes, soníferos, excitantes, tudo zero à esquerda.

Médicos? Uma longa peregrinação infrutífera. A Medicina estava em atraso secular. Nada podia contra suas doenças. Nem sequer a descobriam.

‘‘Só sabem dizer que sou hipocondríaca - queixava-se ela - um nome tão difícil para dizer o que não sou. Porque não estão na minha pele, esses ignorantes. Que se ponham no meu lugar e tenho certeza que não agüentarão dois dias’’.

Alice Griz, essa desditosa mulher, vivia no país das desmaravilhas. Olhos fixos no chão, cabeça baixa, ombros caídos, voz apagada, caminhar hesitante, olheiras escuras, largos sulcos no rosto, era a própria imagem da desolação.

Tentaram interná-la, mas não conseguiram. Prometeu dar cabo da vida se a metessem em hospital psiquiátrico.

‘‘Ninguém me entende - afligia-se ela. - Louco é esse mundo abestalhado, não eu. Meu destino é sofrer, sofrer. Nem Deus se lembra de mim. Nasci para sofrer. De nada valem tratamentos e remédios. Pura água doce. Mas concordo que não posso viver sem eles. Minhas doenças nascem, morrem, ressuscitam e estão sempre me infernizando a vida. Cada dia acordo com novos sintomas, que necessitam de novos remédios e é sempre assim. Não há um vivente no mundo que compreenda minha dor. Não me suportam. Nem meu marido me tolerou; foi-se. Essa vida é um peso. Não vale nada. Se me curo de uma doença, aparecem duas. Os médicos me detestam. Meu ex-marido não quer me ver nem de longe. Mundo cruel. Por que não morri ainda? Já tentei acabar com essa droga de vida e nem isso consegui. Sou azarada para viver e para morrer. Mas, juro que dessa vez não falhará. Atiro-me deste trem e pronto. Quero descanso.''

Abriu a bolsa e ingeriu dois, três, oito comprimidos, como quem engole uma feijoada.

Em pouco tempo, estava agitada, inquieta, com vontade de gritar, de tirar a roupa para se livrar da fogueira que a queimava.

Os olhos vidrados, a atitude mecânica, Alice não passava de uma miséria de gente.

Não agüentando mais, abalou-se para a plataforma traseira do trem.

Alucinada, sentia que os precipícios a puxavam; tinha a sensação de que o Expresso fugia dela; que as montanhas apareciam e desapareciam por encanto.

A mente distanciava-se cada vez mais do corpo; aproximava-se do ponto morto, o momento compulsivo. Aí residia o maior perigo de suicídio.

A vida, os valores que a sustinham, a religião, a família, as crenças que a seguravam, estavam sumindo por um misterioso funil.

Se chegasse a atingir o paroxismo, o estertor existencial, bastaria um lance fatal e tudo estaria terminado.

Talvez passasse o efeito da overdose e, então,

haveria chance de surgir à mente pensamentos e sentimentos que a reanimassem.

Neste instante, porém, o delírio e a tempestade cerebral jogavam-na no vácuo de si e uma voz desvairada a empurrava para o espaço, para o jardim do nada, para a libertação total.

Por sorte, sobrava-lhe ainda outra voz, que droga nenhuma conseguia silenciá-la: a voz da vida, do medo da morte, a voz de um anjo invisível que lhe inspirava calma, novas esperanças, sentimentos positivos.

Alice tentou mais comprimidos, mas as mãos tremiam e o frasco caiu no piso.

De repente, a cabeça começou a girar, as pernas já não seguravam, o vagão assemelhava-se a um barco sobre ondas agitadas, e ela, perdida nessa tonteira incontrolável, despencou-se e apagou.

Começou a fugir de animais ferozes; caiu numa gruta cujas águas violentas ameaçavam afogá-la; correu para um castelo à procura de socorro, mas estava cheio de bruxas e seres aterrorizantes; passou por um ônibus lotado de gente furiosa que lhe gritava: Covarde! Covarde! Covarde!

Nunca se soube quanto tempo permaneceu nesse submundo.

Quando voltou a si, estava amparada por Arnoldo e Lucília.

- Onde estou? Que foi que aconteceu? - perguntou ela, ainda estremunhada.

- Está tudo bem. Estamos cuidando de você - sussurrou-lhe Lucília.

Alice começou a chorar incontrolavelmente.

- Calma, está tudo bem - consolou-a Arnoldo, afagando-lhe os cabelos.

A mulher, entre lágrimas, condenou-se:

- Eu sou uma covarde, infeliz, imprestável...

Lucília aproximou-se do seu rosto e sorriu complacente:

- Você é filha de Deus perfeita, uma adorável criatura.

Alice olhou-os confusa e perguntou:

- Quem são vocês?

- Somos seus anjos da guarda - brincou Arnoldo. - Uns anjos meio feios, sem asas, sem luz, mas isso não quer dizer.

Alice fechou os olhos e confessou:

- Eu quis me matar.

- Nós sabemos. Já passou. Como a vida é aqui e agora, aquela que queria matar-se não existe mais. Só essa criatura maravilhosa existe. Essa criatura, que é você, está ressurgindo para uma nova vida. Queremos ajudá-la - falou-lhe Arnoldo.

Mas a mente de Alice reencontrou os fantasmas das doenças e sofrimentos e então se queixou:

- Sou muito doente; tomo remédios; a vida é uma carga insuportável.

Lucília passou-lhe a mão no rosto e encorajou-a:

- Tudo tem solução. Você é muito maior do que suas doenças. Estas vieram do nada e devem voltar para o nada.

Arnoldo completou:

- Você é filha de Deus e numa filha de Deus não existem doenças. Sua realidade intrínseca é perfeição. Agora você vai entrar em contato com essa verdade e verá que as doenças sumirão.

- Vocês não imaginam como sofro. Meu marido deixou-me, os parentes não me procuram, os amigos desapareceram. Para mim a vida não tem sentido.

Arnoldo utilizou seus conhecimentos da mente:

- Daqui para frente, tudo mudará. Esta foi a última vez que seus sofrimentos tomaram a dianteira. Agora vamos jogar todos os seus males aí num desses abismos. Faça assim: ponha as mãos na cabeça, arranque todas as desgraças aqui do centro da testa e, agora, pum, jogue tudo fora. Nessa velocidade do Expresso, jamais voltarão a você.

Alice obedeceu o ritual e sorriu seu primeiro sorriso.

Lucília e Arnoldo ficaram satisfeitos com a benéfica reação da mulher.

- Você tem muita vida pela frente - entusiasmou-a Lucília. - É jovem, inteligente, bonita, cheia de qualidades.

Arnoldo acrescentou:

- Tem muitos ideais, muitos sonhos, muitos projetos, que hão de se realizar.

- Não tenho nada, por isso quis me matar - choramingou Alice.

- Pelo contrário - insistiu Arnoldo. - Quis se matar porque, no íntimo, carregava tantos desejos de amor, de felicidade, de paz de espírito, de saúde, de sucesso, e não via como concretizá-los, daí seu desânimo.

Alice não concordou:

- São as minhas doenças que me tiram a vontade de viver.

- Pode ser o contrário - analisou Arnoldo. - Você tinha grandiosos sonhos na juventude; como não conseguia realizá-los, puniu-se com doenças. Criada essa programação subconsciente, as doenças e dores sempre a acompanharam, apesar dos remédios e tratamentos. Agora, descoberta a causa, os sofrimentos desaparecerão, porque você vai realizar seus desejos de amor, de felicidade, de sucesso e prosperidade.

A mulher não acreditava:

- Realizar como? Meu marido me deixou, fui demitida do emprego, as pessoas me abandonaram.

Lucília tomou a palavra:

- A primeira coisa a fazer é reviver mentalmente o que deseja da vida: como quer realizar-se no amor? Qual é o trabalho que deseja desempenhar na vida? Quanto quer ganhar mensalmente? E acrescente uma mentalização em que se vê alegre, feliz, bonita, elegante, jovem, cheia de vida, agradável, positiva, otimista, saudável, benquista de todos, amorosa. Diga-me: quem é que não gosta de ser amigo de uma pessoa assim? Pois essa pessoa é você daqui por diante.

- Por que tem tanta certeza? - quis saber ela.

- Porque há um Poder Infinito em você, que transforma o pensamento em realidade física - afirmou Lucília.

Arnoldo confirmou:

- Sua vida até aqui é resultado dos seus pensamentos e crenças, pode examinar. Isso é mais uma prova de que esses novos padrões mentais, que começa a criar daqui para frente, farão a sua nova realidade. Não importa o passado e nem o tamanho das desgraças. O ponto de poder é este momento. Aqui e agora você é outra pessoa, estou vendo.

Alice estava bem animada. Tudo parecia milagre. E era. Saía do fundo do poço para o alto de sua dimensão superior. Uma graça divina.

- Com fé, alegria e entusiasmo, Alice, não há nada que você não consiga. Vá em frente, de fronte erguida, e será uma vencedora - incentivou-a Lucília.

- Acho que aconteceu um milagre comigo - emocionou-se ela. - Sinto-me muito bem. Até as doenças e dores desapareceram. O sol começou a brilhar na minha vida. Muito obrigada. Muito obrigada mesmo.

- Lembre sempre que o milagre está onde você está. Não precisa esperar por ele - informou Arnoldo.

Os três sorriram de satisfação e o moço arrematou:

- Conte com nossa amizade e nosso apoio. Nesta viagem, continuamos às ordens. Estamos na cabine número quatro.

Alice abraçou-os:

- Só Deus pode agradecer-lhes pelo bem que me fizeram.

- Nada há que agradecer, Alice - respondeu Arnoldo.

- Foi um prazer - encerrou Lucília.

CAPÍTULO 9

Alta madrugada.

Na boate, a animação continuava intensa. Música para todos os gostos. De começo, melodias bávarias, com gritos e ecos de montanha; depois, desabalado carnaval; agora, já querendo amanhecer, a orquestra entretinha os pares amorosos em ritmo lânguido. Antes, a festa da vida; agora a festa do amor.

O Expresso continuava descendo, de freio firme, rumo às planícies de Balnesul. Lá, o clima era bem outro: quente, agradável, baía de mar, águas a vinte graus, a brisa da noite empurrando os veranistas para as danceterias, restaurantes, casas de diversão e parques.

Balnesul fora projetada para turistas. Tudo respira turismo. Amplas avenidas arborizadas, jardins celestiais, casas de estilo principesco, hotéis cinco estrelas avançando arrojadamente pela orla marítima.

O Hotel Dinossauro tem, no pátio de entrada, quatro gigantescos dinossauros que, duas vezes por dia, engalfinham-se em rumorosa luta, espetáculo apreciado não só pelos hóspedes como por multidões que se acotovelam na rua. O Hotel Vesúvio faz explodir o seu vulcão de duas em duas horas, com estrondo de fazer parar o trânsito. Já o Hotel Rio de Janeiro possui, na entrada, uma linda praia, ao estilo de Copacabana, com insuperáveis mulatas dançando a cantando sambas e, à noite, ensaiando um carnaval carioca. O Hotel Niágara, a partir das 20 horas despenca gigantesca cascata desde o oitavo andar, com motores que acionam cinqüenta mil litros por minuto, sob o colorido extasiante de luzes especiais. O Transatlântico é um hotel seis estrelas, que avança pelo mar, dando a impressão que vai levantar âncoras.

Os restaurantes tiveram, na sua maioria, projetos inusitados. Um deles, o Jibóia, é uma imensa cobra: seus freqüentadores entram pela boca e saem pelo rabo. Digno de visita é o Restaurante Torre Eifel, de um grupo francês: as pessoas tomam lugar nas mesas, ao nível do térreo, e o piso vai subindo em espiral junto às paredes de vidro, até a altura de trinta metros, e volta a descer lentamente ao primeiro piso, quando é só pagar a conta, salgadíssima, e ir embora. O Restaurante Mundial funciona vinte e quatro horas, sempre com shows ao vivo, apresentados por grupos de todos os continentes.

As boates fizeram o impossível para atrair turistas. A Boate Titanic, por exemplo, é um imenso navio naufragado: metade está sobre a praia e a outra parte desaparece sob as águas do mar. Às três horas da madrugada é encenado o naufrágio do Titanic, bom para as pessoas que adoram emoções fortes.

Para superar a Boate Titanic surgiu a Terremoto, que encerra a noite com um terremoto, que deixa todo mundo de nervos em frangalhos, com vontade de nunca mais voltar; mas voltam.

Um grupo estranho criou a Boate dos Fantasmas: à meia-noite, aparecem fantasmas por todos os lados, querendo dançar com a moça ou com o rapaz que está no seu lado; e o pior é que cheiram a enxofre e defunto. Em cinco minutos se somem, tão misteriosamente como surgiram. Por largos minutos ninguém mais dança e o bar fica lotado de gente que pede um whisky para matar o medo.

Além dessas boates, proliferam as tradicionais, para aqueles que preferem a tranqüilidade de uma noite sem sobressaltos.

Existem parques de diversões fantásticos. A dez quilômetros do centro, chega-se ao Parque das Grutas. Toma-se um pequeno bote redondo, de borracha, individual, firma-se com as mãos nas alças, e começa-se uma viagem alegre, ensolarada, em trajeto de trezentos metros, quando o bote despenca por um túnel e vai avançando por entre grutas, ora com fendas à direita, ora mostrando o céu, logo adiante afundando num despenhadeiro, ao som de gritos lancinantes, até chegar embaixo, nas águas calmas, azuladas, de um pequeno lago, onde todos se refazem dos sustos e aproveitam para se bronzear.

No Parque das Cataratas, há cinco cascatas, uma mais impressionante que a outra. Sobe-se de elevador até o alto e lá toma-se uma pequena canoa de borracha sintética, bem acolchoada por dentro; ao longo das cataratas estão fixados trilhos sobre os quais descerão as canoas, mas a água borbulhante impede de serem vistos; quando o herói se despenca, parece que está voando sobre as águas agitadas, quase morrendo de susto ao chegar no lago, ao final dos cem metros de queda.

Existe ainda a Baía dos Golfinhos, em que se pode montar nesses maravilhosos amigos do homem.

E as praias de Balnesul, uma coisa do outro mundo. Lindas, limpas, cuidadíssimas, não se encontra sequer um toco de cigarro nas areias. As águas azuladas, transparentes, causam inveja a qualquer Côte d'Azur.

Toda a população de Balnesul é educada para o turismo, fala diversas línguas, e trabalha para essa finalidade.

Não há pobreza, muito menos maltrapilhos.

Balnesul é alegria, é sol, é liberdade.

Cada dia é tempo de festa, com desfiles de bandas de música, carros alegóricos, grupos folclóricos.

Ladrões não existem nem nas cadeias. Reina o maior respeito pelos pertences dos turistas. Não é raro verem-se máquinas fotográficas esquecidas sobre algum banco de praça; filmadoras junto de roupas, sob a sombrinha da praia, e ninguém por perto.

Todos os nativos sabem - foram exaustivamente educados para tal - que são esses detalhes que atraem os turistas e fazem a riqueza de cada um. Aprendem que é estultice matar a galinha dos ovos de ouro. Tanto que os próprios habitantes de Balnesul policiam-se mutuamente para que a fama do balneário seja perfeita.

Na boate do Expresso, os remanescentes ainda divertem-se sob os acordes da incansável orquestra.

Alguns jovens, do grupo do primeiro vagão, lá estão curtindo os prazeres da dança.

Duas moças, sentadas numa mesinha ao canto, bebem coca-cola e apreciam os dançarinos.

De repente, um rapaz aproximou-se e convidou a mais jovem para dançar. A moça recusou delicadamente.

- Por que você não aceitou? - perguntou a companheira.

- Ah, não! - respondeu ela, com sorriso envergonhado.

- Por quê? - insistiu a primeira.

- Eu já me sinto peixe fora da água aqui sentada, imagine dançando.

- Lídia, vamos meditar um pouco. Por sinal, meditar é o que mais fazemos no convento.

- Sobre o quê? - perguntou Lídia.

- A dança - colocou Renata. - O que é uma dança? Sob o ponto de vista físico, é uma ginástica benéfica ao coração, aos músculos, ao sangue, aos pulmões e ao organismo todo.

- Quer você dizer - raciocinou Lídia - que a dança é exercício saudável?

- Exatamente. Trata-se de uma verdade incontestável, que nem a mestra de noviças conseguirá desmentir. Qualquer terapeuta assina embaixo. Mas, há outro aspecto interessante: como toda diversão, a dança, embalada pelos acordes vibrantes da música, gera bem-estar, situação que estimula o cérebro a liberar os hormônios da oxitocina e da endorfina, que produzem prazer, alegria, alívio das dores, eliminação da depressão e do estresse, além de fortalecer o sistema imunológico.

Lídia olhou pasma para a colega. Onde havia aprendido tudo isso? No convento nunca se falou dessas coisas. Pelo contrário, as pregações diziam que dança era coisa do diabo, caminho da perdição, indignidade, incondizente com a vida religiosa.

Renata e Lídia entraram juntas no Colégio Santa Isabel, fizeram o noviciado na mesma casa e, agora, depois de quatro anos de magistério, resolveram descansar nas praias ensolaradas de Balnesul, porque, afinal, brincavam elas, até Deus descansou no sétimo dia.

- Está falando sério? - indagou, por fim, Lídia.

- Cientificamente sério - proclamou Renata. - E tem mais: a dança pode ser uma bela oração de louvor a Deus. Quando transportaram a arca da aliança para o templo de Jerusalém, diz a Bíblia que David ia à frente dançando. Era, para ele, a melhor forma de adoração a

Deus.

- Mas, nós aprendemos que a dança é um mal, lembra-se?

- Faz-me recordar uma frase de Shakespeare: "O bem e o mal não existem; é o pensamento que os cria". Para David, e para imensas multidões, dança é uma forma de expressar alegria, confraternização, liberação da depressão e do estresse, companheirismo; para outros, pode ser fonte de maldade; mas não é porque alguns se afogam que a água deva ser condenada e evitada, compreendeu?

- É verdade - concordou Lídia. - Quando nós resolvemos tirar férias em Balnesul, lembra-se das colegas que ficaram apreensivas, como se fosse algo de errado?

A Medicina comprovou que relaxar, divertir-se, caminhar, dançar, fazer exercícios, tomar sol, levam o cérebro a produzir endorfinas que aliviam as dores e acabam com o estresse e a depressão; além disso, como lhe expliquei, é fortalecido o sistema de defesa do organismo. Mais ainda: promovem o aumento da fração benéfica do colesterol bom, o HDL, que, por sua vez, ataca o LDL, colesterol nocivo, que se acumula no sangue e nas placas fixadas nas artérias.

Renata estava inspirada e voltou à sua preleção:

- Você disse que algumas colegas se admiraram da nossa viagem. Pois o sol, tão esplendoroso nas praias de Balnesul, atinge os olhos com sua luz, estimulando o cérebro a produzir serotonina, hormônio que previne a depressão; o sol, ainda, baixa o colesterol, transformando-o em vitamina D; além de tudo, reduz a pressão sangüínea, como também diminui a dosagem de açúcar no sangue.

- Onde você leu isso? - perguntou Lídia, impressionada com os conhecimentos da colega.

- Em vários trabalhos publicados, entre os quais o do Dr. Sang Lee, diretor do Instituto Weimar, especialista em Medicina Interna e Alergia.

- Eu não sabia nada disso - comentou Lídia, olhando os últimos pares de dança no centro da pista.

- Por certo, poucos sabem disso, mas todos sentem os saudáveis resultados. Se, ainda, você mantiver estilo de vida alegre, positiva, otimista, feliz, a soma dos benefícios à saúde será extraordinária. O riso, por exemplo, bloqueia os supressores do sistema imunológico. Não sei se você sabe que a raiva, a tristeza, o desespero, o medo, a ansiedade, a hostilidade, a solidão, inibem as defesas orgânicas; o riso e a alegria fortalecem; são também ótimo preventivo contra doenças do coração.

- Então, é por isso que se diz que rir é o melhor remédio?

Renata consentiu:

- De fato. A própria Bíblia confirma esta verdade.

- Como assim?! - admirou-se Lídia.

- Na sua sabedoria milenar, diz a Bíblia: ‘‘Um

coração alegre serve de bom remédio, enquanto que o espírito abatido virá a secar os ossos''. Diz ainda a Bíblia: ''A alegria do coração prolonga a vida, ao passo que a tristeza a encurta''.

Lídia brincou:

- Com toda essa argumentação salomônica, garanto que até a nossa reverenda madre vai querer dizer algumas piadas, sentada nas areias de Balnesul.

Renata aproveitou:

- Pois, no outro dia, ela contou essa: ''A Irmã Josefina foi fazer um documento na repartição pública e perguntaram: É solteira, casada, viúva ou divorciada? Josefina respondeu: Nem uma, nem outra, nem outra, nem outra. Pertenço ao quinto estado. O homem espantou-se: O quê?! Que outro estado?! Ela explicou: ''Freira''. Como as Irmãs acharam graça, ela contou que, certa vez, perguntou a um caboclo por que Jesus tinha morrido na cruz e o caboclo respondeu admirado: ''Ai, morreu, é? Pois eu nem sabia que ele tava doente, sô!'' Depois contou o caso daquele homem que dizia que era Jesus. Como todo mundo achava que ele estava pirado, o homem pediu que o acompanhassem até o bar do português. Quando o português viu o homem, exclamou: ''Ai, Jesus, você aqui de novo?!''

Lídia visualizava a pose severa da senhora madre dando conselhos na capela e depois a via mentalmente contando piadas, e ria como ela só.

Neste momento, a voz dos alto-falantes anunciou:

‘‘Senhoras e senhores, o café está na mesa. Cardápio de hoje: ‘‘Três tipos de cafés: Café, chafé e chalé: o primeiro é o café propriamente dito, chafé é chá com café, e o chalé é chá sem café; três tipos de leite: líquido, sólido e gasoso; líquido é o leite molhado, sólido é o queijo, e gasoso é o que provoca gases; três tipos de açúcar: o adoçante, o amargante e o que não é nem uma e nem outra coisa; entre os pratos quentes, temos Omelete: a lete já está aí, falta chegar o ome; Salsichas Celestiais: ardem tanto que você vê as estrelas; não deixe de servir-se de Banana ao Conhaque: quem não aprecia banana, aproveite o conhaque; experimente o Peru ao Molho Verde: se não gostar de verde, peça tinta para mudar de cor; quanto às geléias, temos a Geléia de Sororoca de Babaçú, que até hoje não se sabe de que é feita; a Geléia de Manga, e você pode escolher entre manga de camisa, de casaco ou de sobretudo; a Pessegada de Abacaxi; a Marmelada de Laranja; o Mel de Zangão; ovos frescos quentes ou ovos quentes frescos; e mais algumas novidades que você descobrirá na hora e terá vontade de saltar do trem...’’

Ouviam-se risadas por toda parte. Não havia quem não quisesse conhecer essa voz misteriosa, cheia de bom humor.

A orquestra encerrava os últimos acordes e os pares se desfaziam porta afora. Nem todos, porém, porque alguns aceleravam os últimos beijos de despedida.

Lídia e Renata levantaram-se e foram ao café.

CAPÍTULO 10

Os primeiros alvores do amanhecer tingiam de azul largas faixas de céu e davam contornos doirados aos picos das montanhas. A paisagem coloria-se pouco a pouco.

Nos vagões, a vida voltava a agitar-se.

O Expresso ganhava velocidade cada vez mais exagerada.

Vez por outra, as curvas eram feitas com extremo ranger de rodas e alguns passageiros começavam a irritar-se.

O vagão do café matinal estava lotado e alguns garçons percorriam as cabines especiais levando o lanche solicitado.

Em vários assentos, ainda gente dormindo.

O Expresso apressava-se sempre mais, quase alcançando os limites do risco.

Na cabine sete, os homens se entreolhavam surpresos.

- Esta velocidade não é muito normal nesta altura da montanha - comentou Saliero.

Antonio Belí olhou para fora durante certo tempo e preocupou-se:

- Os maquinistas estão facilitando. Esta velocidade é mais adequada depois da próxima estação, quando vamos descer.

Ferrão, o Boca de Chumbo, assim apelidado porque nunca fala, chegou-se até à janela e quedou-se pensativo.

Belí aproximou-se dele e perguntou:

- Tem certeza que fez o trabalho com precisão?

O autor fez que sim com a cabeça.

Os maquinistas estavam aflitos e, por mais que tentassem o freio, as máquinas pouco reagiam. Pareciam indóceis e raivosas.

- Só resta uma miséria de freio! - alertou Ferdinando, um dos maquinistas.

Adalberto Milan, o chefe, ponderou:

- Desse jeito, esse restinho vai estourar.

- Aí vai ser um Deus-nos-acuda! - explodiu Ferdinando.

- Vira essa boca pra lá - rebateu o chefe.

Pelo serviço de intercomunicação, Schmidt, chefe da segunda máquina, perguntou apreensivo:

- O que está acontecendo?

- A máquina não segura o que deve - respondeu Milan, tentando restabelecer a calma.

- O que podemos fazer? - voltou a indagar Schmidt.

- Vamos reexaminar todos os equipamentos para

termos um diagnóstico exato da situação. Ponha em ação seus subordinados e façam um rápido teste de toda a aparelhagem.

O Expresso endiabrava-se aloucadamente.

Saliero, Belí e Boca de Chumbo a muito custo seguravam as xícaras de café.

- Alô, Milan!

Adalberto reconheceu a voz do doutor Girard.

- Pronto, Dr Girard. Bom-dia!

- Bom-dia, coisa nenhuma - estourou Girard. - O que é que está acontecendo?

- Estamos verificando, dr Girard. Há exagero de velocidade, mas estamos testando o equipamento para identificar o problema.

- Procuraram segurar também na máquina? - berrou Girard.

- Fique tranqüilo que estamos fazendo de tudo.

- Tranqüilo de que jeito? Com o Expresso acelerando cada vez mais?

Adalberto procurou transmitir segurança:

- Tudo está controlado. Estamos atentos.

- Controlado uma ova, seus incompetentes! - xingou ele e desligou.

Os técnicos voltaram a trocar idéias sobre causas e soluções.

- Por via das dúvidas - falou Adalberto - vou tomar uma decisão.

Todos ficaram à escuta.

Milan esclareceu:

- Vou avisar a central da Estação do Condor para deixar livre a linha, pois tudo indica que não teremos condições de parar o trem.

Ligou, de imediato, para a Estação do Condor.

- Alô!

- Estação do Condor?

- Sim.

- Aqui é do Expresso Balnesul. Estamos com problemas. Até o momento não conseguimos controlar a velocidade do comboio.

- Está tudo preparado para o estacionamento - observou o agente de Condor.

- Queremos que abra a linha para que o Expresso passe. Desimpeça totalmente, caso contrário pode ocorrer violento acidente.

- O caso é tão sério assim? - perguntaram do outro lado.

- Estamos vendo - foi a resposta lacônica.

- Tudo bem - confirmaram de lá.

Os técnicos voltaram a atenção ao exame minucioso de fios, cabos, mangueiras, válvulas, pressão, freios, botões, tudo.

Os passageiros sentiam-se desconfortáveis.

O Expresso corria sobre penhascos, varava túneis, atravessava viadutos com uma presteza impressionante.

A poucos quilômetros da Estação do Condor, a

voz dos alto-falantes anunciou:

"Senhores passageiros, estamos próximos da Estação do Condor. Informamos, no entanto, que o Expresso seguirá em frente devido a um pequeno problema técnico, que já está sendo sanado. Não se preocupem."

Os passageiros se agitaram.

Belí voltou-se para Ferrão e resmungou:

- Você não fez um bom trabalho. Não poderemos descer na Estação do Condor, conforme o combinado.

Ferrão olhou pela janela do trem e arregalou os olhos. Nada mais.

Anatole Saliero procurou acalmar-se:

- Deve ser algum probleminha técnico. Aguardemos.

- Probleminha técnico?! - rugiu Antonio Belí. - Olhe para as rodas do comboio e verá as faíscas que saltam. Só peço a Deus que não haja nenhuma curva perigosa, senão somos capazes de decolar para o céu.

Silenciaram.

Belí consolou-se:

- Nós podemos embarcar para o outro mundo, mas aquele desgraçado vai junto. E a Companhia Expresso Balnesul vai para o brejo.

A um quilômetro da Estação do Condor, o Expresso começou a apitar desesperadamente, enquanto o guarda-chave esforçava-se para realizar a operação. Fora avisado às pressas da passagem antecipada do Expresso e do perigo que corria.

Mal terminara a liberação dos trilhos e o trem

passava como uma bala.

O povo da estação e arredores correu para ver o Expresso, comentando à boca cheia que uma grande tragédia estava para acontecer.

Segundo os entendidos, nada e nem ninguém mais poderia deter o comboio.

A notícia correu célere pelas cidades vizinhas, ocupando os espaços das notícias extras. No trem, todos já sabiam da desgraça. Viajavam na nau dos condenados.

O desespero foi tomando conta dos passageiros: uns choravam, outros gritavam, outros mais rezavam, alguns poucos permaneciam quietos e tensos.

"Atenção, senhores passageiros - era a voz do serviço de som - conservem a calma, que estamos procurando consertar o problema. Se alguém perder a calma, terá que procurá-la sozinho, pois não temos ninguém para ajudar. O que aconteceu foi o seguinte: ao invés de colocar óleo diesel na máquina, colocaram óleo de rícino e agora o Expresso está com corredeira, mas como acontece com todo mundo, isto também passa. Até logo mais, quando traremos novas informações sobre o estado do paciente".

- Alô!

Os maquinistas perceberam que era o doutor Girard, desesperado.

- Pronto, Dr. Girard.

- Como é que não resolveram o problema ainda?

O Expresso está com excesso de velocidade, quase não se contém nos trilhos, e vocês não fazem nada?

Milan procurou aparentar a calma de um santo.

- Ainda há esperança, Dr. Girard. Estamos trabalhando.

Girard estava descontrolado:

- Eu não posso morrer. Tenho mulher, tenho filhos, tenho só cinqüenta anos de idade, a Companhia não pode perder o Expresso, entendeu? Façam alguma coisa, senão eu mato vocês.

- Dr. Girard - sorriu melancolicamente Milan - não precisa matar: já estamos a caminho do matadouro.

Girard misturava soluços com palavras:

- Parem esse trem, pelo amor de Deus. Boto vocês todos de sócios da Companhia, mas salvem minha vida! Eu não posso...

O soluço cortou as palavras finais.

Nos vagões do Expresso, a vida alterou-se profundamente.

Girard ordenou que a orquestra fosse ao primeiro vagão e passasse a executar músicas religiosas. Obedecendo a ordem, ecoou pelo vagão a Ave-Maria de Schubert, também a de Gounod, o Aleluia de Handel, a música ''Mais Perto do Meu Deus'' (executada pela orquestra do Titanic, quando do naufrágio); a canção ''Segura na Mão de Deus''; e outras tantas, que foram acalmando os passageiros.

Na cabine número quatro, Arnoldo e Lucília prometiam-se viver e morrer abraçados.

- Aconteça o que acontecer - murmurou ela, apertando as mãos do companheiro - você é o grande amor da minha vida. Você tem coração maravilhoso, uma cabeça tão positiva. Você foi o mais lindo presente que Deus me deu.

- Lucília querida, que bom que Deus colocou você no caminho do meu coração! Que bom que estamos juntinhos agora, nesse momento difícil da viagem! Eu amo muito você. Seus sentimentos sintonizam fundo com os meus e a sua presença me dá prazer. Foi por isso que a convidei para essa viagem a Balnesul e insisti para estar comigo. Você é linda por dentro e por fora. Adoro você.

Os dois permaneceram juntinhos, em amoroso silêncio.

* * *

Lá no seu canto, Lizandra percebeu que o Expresso Balnesul era o último capítulo da sua vida. Pela primeira vez, começou a pensar na morte. Agora, *a um passo da eternidade,* enxergava a vida de maneira diferente. Sem demasiada exigência. Reconhecia até que fora severa demais consigo mesma e com o marido. Afinal, ele não era tão terrível como imaginara. Refletindo bem, Enrique, seu marido, até tinha boas qualidades. Como num filme, foi revivendo os tempos alegres do namoro, as paixões do noivado, a felicidade da lua-de-mel e as delícias dos primeiros meses de casamento. Foram tempos maravilhosos. Por que então esses conflitos e essa crise que estavam matando o amor? Ocorreu-lhe aquela frase, proferida por Arnoldo, que a felicidade está no nosso próprio quintal, mas é possível que esteja coberta de capim. ''É verdade - assumiu - nós dois estávamos cobrindo a felicidade com o capim das brigas e das agressões mútuas''.

Lizandra recordava agora, com imensa boa vontade, tantos gestos espontâneos de carinho que lhe fizera Enrique. Aqueles dias de febre que ele a assistiu noite e dia, com a maior naturalidade; aquela vez que abreviou a viagem só para estar mais cedo com ela; os esforços que fazia para dar-lhe prazer.

''Oh, meu Deus, como é que eu estava cega?! - exclamou do fundo do seu coração.

''Meu amor - murmurava - que bom que você agüentou esta situação até aqui, porque sinto que o milagre está acontecendo comigo. Minha mente agora vê a vida diferente. Vamos tirar o capim que escondia nossa felicidade. Prometo que farei isso. Não sei se sobreviverei a essa viagem, mas não posso deixar de dizer-lhe mentalmente que amo muito você e peço perdão pelas desavenças, pelas cobranças e pelas incompreensões. Se Deus me levar, lembre-se apenas daquela Lizandra da lua-de-mel, dos primeiros tempos, porque é essa que sou agora. Perdoe-me, querido. Tenho certeza que me perdoa, em nome de tantos momentos felizes e apaixonados que passamos juntos. Um dia, nos encontraremos, aqui ou lá em cima. Tomara que seja ainda nessa caminhada terrena, porque desejo ardentemente que saiba o quanto amo você. Quero que saiba o quanto desejo começar nova vida ao seu lado. Não botaremos mais capim no nosso coração, mas caminharemos solidários na compreensão, no carinho, nas relações amorosas, em tudo. Se eu tiver que partir para o além, adeus, Amor, e seja muito feliz''.

Lizandra fechou os olhos e verteu uma profunda prece, tingida de lágrimas.

O barbudo das piadas, lá estava no mesmo assento, ouvindo a orquestra e meditando sobre a vida.

''Em todo caso - conformava-se ele - quando São Pedro me receber, eu tenho um ponto a meu favor: passei a vida alegrando as pessoas. Sim, concordo que algumas piadas eram irreverentes, mas é normal existir alguma ovelha negra no meio do rebanho de piadas. Até, para conquistar a simpatia do porteiro celeste, vou dizer-lhe que, pelo respeito que lhe tenho, nunca contei aquela piada da moça belíssima, loira, elegante, pedaço de pecado ambulante, que morreu e se apresentou a São Pedro, que não queria deixá-la entrar no céu, apesar dos arrependimentos da beldade. Por fim, São Pedro condescendeu e fez-lhe a última prova. Disse à moça: Você terá que caminhar por essa tábua estreita sobre o fosso do mal; se, enquanto estiver passando, tiver um único pensamento pecaminoso, cairá no fosso e aí não terá salvação; eu vou atrás de você para analisar os seus pensamentos. A moça pôs-se a andar sobre a tábua e, de repente, ouviu-se um estrondo: São Pedro tinha caído no fosso. Essa piada, meu querido santo porteiro, eu nunca contei. O Patrão glorioso lá de cima também vai me deixar entrar, porque eu colaborei com uma das suas bem-aventuranças, aquela que diz: ''Bem-aventurados vós que chorais, porque haveis de rir''. Pois aí está, ajudei na segunda parte da bem-aventurança. Deus sabe que existe uma incalculável legião de deprimidos no planeta e eu me tornei o bom mensageiro da alegria e do riso. Olha, meu Deus, sempre ouvi dizer que um santo triste é um triste santo, por isso tenho contribuído muito para alegrar essa gente boa. Lembra-se, Senhor, daquele sujeito que queria se suicidar e eu lhe contei uma boa piada e o homem morreu de rir? Pode haver morte mais piedosa e abençoada? Mas, cá pra nós, meu poderoso Chefão lá do andar de cima, na verdade estou com medo de morrer nesse trambejo que não pára de correr. Veja se bota uma mãozinha nessa porcaria, senão nós vamos acabar decolando aí pra cima e você não vai gostar de fazer hora extra, porque tem muita gente aqui com a ficha preta e comprida como xingada de gago. É sim, pode acreditar. Eu sei que chego aí e, com meia dúzia de teretetê, a gente se entende e você me bota no céu; mas aqui têm caras com a alma mais suja que pau de galinheiro. Bom, pra encurtar a conversa, que já estou ficando com um baita medo, me perdoa, Senhor, por todas as minhas estrepolias aqui na vida. Confesso que fiz muita bobagem, mas o passado é passado, não é mesmo? Não vai querer que eu diga todos os meus pecados, porque não me lembro nem do número, nem do gênero e nem do caso. Confesso todos por atacado, peço perdão à vista, e sei que Você não falha, amém''.

Agora, o barbudo tinha certeza que sua ficha estava em dia. Só faltava derrotar esse pavor desgraçado que o fazia suar frio em cada sacolejão do Expresso.

Quatro poltronas atrás, jazia, lívido como cera, o ex-impávido Eulálio Orizon, aquele que xingava o barbudo e os idiotas que riam de suas piadas; aquele que se dizia rígido, duro, mordaz, cético, sofredor, derrotado e hipocondríaco. A música da orquestra inquietava seu coração e o fazia meditar sobre a vida.

''A morte está aí - dizia-se ele - e eu me pergunto se valeu a pena tanta severidade. Daqui a pouco, vamos pelos ares com essa velocidade infernal e o que é que eu faço com minhas críticas severas, com os sacrifícios existenciais, com essa filosofia do sofrimento?! Será que me valerão alguma coisa para o acerto de contas lá em cima? Qual é o critério deles lá na outra vida? Mas, existe de fato outra vida? Se não existe, por que me dei a tantos sacrifícios e penitências? Se existe, valerão alguma coisa essas penitências e severidades? De repente, lá do outro lado podem me acusar que desprezei a vida; que não lhe dei valor; que impedi o corpo, a mente e o coração de se realizarem em seus anseios maiores... Realmente, eu critiquei os erros, vociferei contra os perversos, ferrei os gozadores da vida, condenei a alegria e o riso, mas a pergunta que, por certo, farão é esta: E você o que é que fez concretamente? É sabido que não deixou os outros fazerem; mas você o que é que fez de bom, de proveitoso, de útil, de positivo? Se me pegarem por esse lado, estou num brete sem saída. Terei que apelar para a boa vontade dos santos e anjos. Agora reconheço que essa minha rigidez, no fundo, não passava de conversa fiada. Fazer, que é bom, não fiz nada. Fui o martelo da humanidade e jamais construí sequer um cabo de martelo. Meu Deus, se Você me julgar pelas palavras que proferi, dirá que falei demais; se me julgar pelas realizações, dirá que fiz de menos. Só o que peço, neste momento, é que segure esse trem para que eu possa começar uma nova vida, menos tola e mais feliz, mais positiva, mais agradável e mais bem aproveitada. Dá-me essa chance, meu Deus. Está certo que errei demais, mas estou arrependido. Meta o tacão da bota divina e tranque o Expresso. Por favor, agora sim saberei valorizar a vida e engrandecer cada momento precioso. Mesquinhez, nunca mais. Por favor, meu Deus!

Orizon estirou-se na poltrona, olhou ao redor, e enviou um raio de amor e de luz ao barbudo, aos jovens, à orquestra, aos passageiros e a toda a humanidade.

CAPÍTULO 11

A Central Ferroviária de Andorinhas fora informada da trágica situação do Expresso Balnesul e pôs em alerta máximo todas as estações, inclusive a de Balnesul.

Um helicóptero do Grupo de Salvamento já procurava localizar o Expresso, devendo chegar em poucos minutos.

Especialistas foram convocados para estudar as medidas a serem tomadas.

- Alô, Expresso Balnesul! Alô!

- Pronto!

- Aqui é da Central Ferroviária de Andorinhas. Nosso grupo de especialistas está aqui reunido e pedimos que nos coloquem a par do que acontece no Expresso.

Adalberto Milan tomou a palavra:

- Aqui é Adalberto Milan, engenheiro-chefe do Expresso Balnesul. Por enquanto a situação está incontrolável. Há apenas um resquício de freio e o trem desenvolve velocidade excessiva, quase o dobro do recomendável. Estamos checando os equipamentos e ainda não localizamos o problema. Creio que precisamos pensar em outro tipo de solução.

- Nós estamos aventando diversas hipóteses, por exemplo uma máquina atrás para tentar engatar no último vagão e, assim, diminuir a velocidade, com freio máximo.

Milan observou:

- Não creio que possa ter sucesso esta operação.

Charles Milot, engenheiro-chefe da Central, prosseguiu:

- Outra idéia, ainda menos viável, é subir com uma máquina possante, a 5.043, até próximo do Expresso e fazê-la descer com uma velocidade xis, de tal forma que se aproxime da máquina do comboio e encoste nela, com o intuito de segurar toda a composição.

- Também é uma operação extremamente melindrosa - ponderou Adalberto.

- Tomamos ainda uma medida que se faz necessária, seja qual for o desfecho - acrescentou Milot. - Demos ordem à Estação Balnesul para encher de pneus os últimos cem metros da estrada de ferro. Assim, o choque será abrandado e, mesmo que o trem descarrile, a chance de salvar passageiros é grande.

- Pelo menos - aceitou Milan - evita-se o choque frontal contra a fortaleza de concreto existente no terminal.

- Outra coisa - continuou Charles - um helicóptero está levando o maior especialista nesse tipo de máquinas. Tomara que consigam deixá-lo na capota de algum vagão. Claro que alcançar a sintonia de velocidade não é como comer lingüiça vienense, mas nossa obrigação é tentar.

- Tudo bem - encerrou a conversa Milan, bastante desencorajado com as soluções oferecidas pela Central de Andorinhas.

- Caso tudo isso falhe - gracejou Milot - temos ainda a última esperança.

- Qual?

- O milagre. Se os santos não estiverem de férias, pode acontecer. Quem sabe, o Sansão da bíblia resolva dar uma mãozinha e segurar esse troço aí no peito?

- Só se tiver cabelo muito comprido - reagiu Adalberto.

- Ou então seria conveniente pedir para o profeta Elias trazer de volta aquela carruagem que o levou para o céu e encostá-la na máquina de vocês. Chegou a hora de apelar até para São Cristóvão, padroeiro dos motoristas - completou descaradamente Charles.

- Isso é hora de piadas?! - chateou-se Milan.

- Milan - tornou o engenheiro - pelo visto, a sua ficha não está nada boa junto de São Pedro.

- Com São Pedro está tudo bem; aqui embaixo é que está mal.

- Falando sério - concluiu Milot - ficaremos aqui em alerta permanente, acompanhando cada passo e estudando soluções. Boa sorte.

- Obrigado - resmungou Adalberto. E desligou.

* * *

Maristela, a adolescente de dezesseis anos, que fugira de casa, procurou o vagão da orquestra e acomodou-se num canto. Sabia do perigo que corria. A qualquer momento, o trem poderia saltar fora dos trilhos e estraçalhar todo mundo. Procurou rezar, mas a mente se voltava obstinadamente para o pai. Lembrou a morte da mãe e pediu sua ajuda. Pensou no pai e reviveu muitos momentos de felicidade. Recordou os carinhos que lhe dava e o esforço enorme para acertar a melhor educação.

Quanto mais afundava em lembranças, mais ternura e amor sentia pelo pai.

Quando souber que estou neste Expresso - pensou - que sofrimento! Garanto que levará minha foto para Santa Rita, padroeira dos desesperados, e fará mil promessas. Meu pai... Preciso dizer-lhe quanto o amo!

Com lágrimas nos olhos, Maristela abriu a bolsa, pegou seu bloquinho de cartas, e escreveu:

''Meu querido pai:

Acho que nunca mais nos veremos, porque o Expresso está desgovernado e corre loucamente, querendo saltar dos trilhos.

Estou vendo a morte de perto, apesar dos meus dezesseis anos, e só tenho você na minha mente.

Talvez daqui a cinco minutos, ou dez, ou meia hora, eu já não esteja mais neste mundo, e sinto um aperto terrível na garganta. Meu peito parece que vai rebentar.

Queria tanto ter você. Agora eu sei o que é ter um pai. Que pena que descobri tarde demais!

Você é um pedaço tão lindo de mim e eu, idiota, queria jogá-lo fora.

Ah, se eu pudesse estar aí do seu lado, sentada naquela cadeira de tantas reclamações, para beijá-lo carinhosamente e contar-lhe o quanto o amo!

Por que será que eu não via isso quando estava com você? Por que era eu tão revoltada? Agora percebo que a briga era comigo mesma e não contra você, porque, afinal, você fazia tudo o que um pai amoroso achava que devia fazer por mim. Seus conselhos eram cheios de boa vontade e suas reclamações eram feitas por amor a mim - agora eu reconheço.

Confesso que uma vez me arrependi do meu procedimento, porque o vi chorar, sentado na sua velha poltrona. Mas havia um cachorro e um gato brigando dentro de mim e eu não era capaz de corresponder ao seu amor.

Reconheço que a minha adolescência estava tumultuada: eu queria tanta coisa e não sabia o quê; eu reclamava e não tinha noção do quê; eu me sentia mal comigo mesma e xingava você. Que idiota eu fui!

Perdão, meu pai!

Estou chorando, mas é um choro arrependido e um choro de saudade ao mesmo tempo.

Você depositava tantas expectativas em mim, sonhava tanto para mim, e eu não lhe dava essa alegria de corresponder. Imagino que você idealizava a minha formatura, um casamento feliz, netinhos para alegrar seus dias, o meu carinho na sua velhice, e eu era tão estúpida.

Meu Deus, como pude ser assim?!

Eu olho este vagão e vejo as pessoas abraçadas em solidariedade e você tão longe de mim. O pior é que eu tinha perdido você, não lhe dei abrigo no meu coração, e estou sentindo esse abandono físico e espiritual.

Ah, meu pai, se ao menos pudesse tê-lo aqui para pedir perdão e abraçá-lo com toda a emoção que sinto neste momento!

Por favor, paizinho, esqueça nossos momentos ruins e guarde apenas o carinho que lhe ofereço nesta carta.

Sei que, quando receber esta carta, se a receber um dia, eu já não poderei estar com você nunca mais e isso me dói demais. Meu sentimento, paizinho, é como se tivesse levado uma surra no coração (e bem que eu merecia).

Ao saber da minha morte, paizinho, reze por mim e peça para a mãe me receber lá em cima com muita compreensão, porque, enfim, não sou mais do que uma criança grande, malcomportada é verdade, mas uma criança sem muito juízo.

As minhas coisas, que não lhe forem de utilidade, peço que venda e dê o dinheiro para o instituto que atende adolescentes desencaminhados na vida. Desculpe falar isso, mas achei bom.

Meu pai, já não sei mais o que dizer. Perdoe-me, sim, e me imagine aquela garota amorosa que você sonhou que eu fosse. Porque juro que, se voltar para casa, serei de verdade.

Eu amo muito você. Amo muito, muito. Mil beijos.

Sua Maristela''.

* * *

Na cabine sete, os homens da Metalúrgica Saliero Belí e Cia não tiravam os olhos da janela. O Expresso avançava diabolicamente, em velocidade de extremo risco.

Os três sabiam do perigo iminente, mas nenhum abria a boca.

Saliero tinha seus pensamentos distantes. Sentia-se em sua casa, olhando, de qualquer ponto imaginário, sua esposa Edília, e seus filhos Osvald, de doze anos, muito alegre e brincalhão, e sua filha Íris, de quatro anos, tão meiga e tão cheia de vida. Seus olhos percorriam a sala, a cozinha, os apartamentos dos filhos, seu quarto aconchegante, reformado e decorado há apenas quatro meses. Lembrou os belos anos de convivência com Edília, os sonhos que foram se realizando, o mundo de paz e de boa convivência em que viviam. Perguntava-se se valia a pena jogar fora toda essa felicidade em troca de uma vingança, que nada lhe oferecia de bom; pelo contrário, lhe roubava até o dom mais sagrado, que era a vida. Mas, agora, o que é que podia fazer? Nada. Tudo perdido. Sempre fora homem que preferia mais uma gota de mel do que um barril de vinagre, mas vira-se envolvido pela dramática situação da Companhia e pela ferocidade de seus sócios. Sabia que decisões tomadas em momentos de raiva tinham tudo para dar erradas. Sim, porque já tinha aprendido que a raiva altera o ritmo cerebral de forma a levar a pessoa ao descontrole, à irracionalidade, à incapacidade mental, e o raciocínio se torna caótico. Agora já estava arrependido da sabotagem, que iria custar a própria vida. Reconhecia que a vida valia mais do que a própria Metalúrgica; que a família não tinha preço. Como fora tão idiota a ponto de trocar sua família e sua vida por uma vingança?! Sem falar na vida de tantos inocentes, que vieram buscar alegria, amor, felicidade, e colherão a desgraça total. E isto mais as lágrimas, os sofrimentos e o desespero dos familiares de cada um...

De formação cristã, Anatole debatia-se para evitar uma discussão íntima com o Cristo da sua religião, que lhe ensinara amor, paz, perdão e fé. Nada mais adiantava, porque nada mais podia fazer. Só lhe restava um profundo arrependimento e uma prece a Deus para que segurasse o comboio com sua poderosa mão divina.

Antonio Belí teimava no seu ódio vingativo e recusava-se intimamente a aceitar qualquer pensamento que não fosse mandar o doutor Girard para os quintos dos infernos, com seu Expresso e sua Companhia exploradora e insensata.

"Esse miserável - ruminava ele - tem que morrer espetado nos ferros do seu roubo. Dessa vez, ele não escapa. Gente desse calibre tem que pagar, sem dó nem piedade, todo mal que fez. Ladrão sem-vergonha. Imbecil. Patife. Desgraçado. Para você, seu lacaio, a melhor sepultura é nas ferragens do seu Expresso. E que o diabo o carregue. Então, qual era a dificuldade de ser justo, honesto, no seu negócio? A Companhia Expresso Balnesul ia bem, o empreendimento dando vultosos lucros: que necessidade tinha de roubar e explorar? Não sabia ele que quem com ferro fere, com ferro será ferido? Que nesta vida todo ato se paga a si mesmo? Neurótico. Estúpido. Cabeça de papel-moeda. Como pode existir gente dessa laia?! Um canalha desses tem que morrer empanturrado de dinheiro até a boca, de congestão monetária, ou então no meio dos ferros da sua roubalheira. Não entendo esse maníaco. Fizemos o mais moderno expresso do mundo e esse filho do demônio fazendo de tudo para nos passar para trás. Sem necessidade. Pelo prazer de sacanear. Para gloriar-se de ser o maior espertalhão da terra. Pela ambição insaciável de acumular o que nunca vai gastar. Que pague tudo, tintim por tintim, até a última gota de sangue. Eu morro, mas ele vai junto. Tem que ir. E o inferno fará a festa do século''.

Já o Boca de Chumbo jazia impassível, mumificado, mais gelado que o pico de neves eternas. Não pensava nem despensava. Uma bandeira a meio pau, funérea. Tanto faz como tanto fez. Quando a mente começava a elaborar qualquer consideração, fechava a porta. Todas as portas. Pensar na vida não era com ele. Coisa de gente ociosa. Gastar energia com pensamentos filosóficos, jamais. Isso era para os outros. Podiam chamá-lo de estátua, robô, engrenagem, cabeça de pau, massa parda, qualquer coisa, que era até elogio. Estava aí por estar; fazia as coisas por fazer; não fazia por não fazer; tudo no seco, no vácuo mental. Se o colocavam a dirigir uma máquina, dirigia; a fazer um vagão, fazia; a romper uma válvula de compressão, rompia; também se tivesse que refazer a válvula, refazia. Um homem dobrado para dentro. Mas era o gênio da Metalúrgica.

* * *

Isis, a adolescente grávida, ao saber que viajava a caminho da tragédia, entrou em profunda aflição. De repente, seu drama pessoal já não tinha mais sentido, caíra na irrelevância, porque agora era a sua própria vida que estava por um fio. Logo aí, em qualquer curva da ferrovia, poderia ser o fim.

Acabar tudo assim, sem mais nem menos, no

desabrochar da vida, era um destino por demais cruel.

"Por que só esse pouquinho de vida, meu Deus?! - agoniava-se ela, com lágrimas nos olhos. - Não é justo, Senhor! Morrer! Não, não é possível! Por que fui embarcar neste trem fatídico?! Que desgraça!"

De súbito, sua mente percorreu, como num filme rápido, todo o drama que vivia, a gravidez, os medos, a fuga da realidade, o desespero, a vontade de dar-se fim, e sentiu um choque. Ouviu, perplexa, o seu próprio grito interior: "Eu amo a vida, eu quero viver. Meu Deus, não faça isso comigo!"

Isis permaneceu momentos indefinidos nessa confusão total. Não conseguia firmar as idéias, que vinham e iam num círculo alucinado.

"Eu não quero morrer! Eu amo a vida!" - insistia sua voz interior.

Lembrou-se, então, daquela outra vida indefesa, que carregava consigo, e sussurrou, com toda a sinceridade da alma: "Eu amo você também. Você é o mais lindo presente que Deus me deu. Eu quero você, não importa o que os outros digam ou façam. Você é o milagre mais alto que podia acontecer-me. Não programei você, mas, se você quis vir, tudo bem, vamos curtir juntos essa vida maravilhosa. Vamos em frente, numa boa, que não tenho medo. Você é vida da minha vida, que coisa mais linda! Beijo carinhosamente seu coraçãozinho e prometo tudo fazer para que você seja feliz. Sempre amigos, combinado? Você não é minha desgraça, mas minha maior graça, está bem? Perdoe-me pelos pensamentos negativos e medrosos que tive. Você vai nascer, crescer, estudar, realizar seus grandiosos ideais, cumprir sua bela missão neste planeta, tendo sempre sua mãe junto de si, aconteça o que acontecer, mesmo que estejamos distantes no tempo e no espaço. Tenho certeza que você encherá de alegria e de amor o meu caminho. Obrigada a você! Obrigada, meu Deus!''

Somente agora Isis deu-se conta da dura realidade: o Expresso avançava ameaçador, fazendo loucuras a cada instante.

Recolhida no secreto do seu ser, a jovem pediu que Deus estendesse seu manto sobre ela e sobre o comboio.

E mergulhou numa paz, que nunca havia sentido antes.

CAPÍTULO 12

- Pai - perguntou Luizinho, de oito anos - o que está acontecendo?

- Estamos a perigo, meu filho.

- Por quê?

- O Expresso está correndo demais e ninguém consegue segurá-lo.

- Nem as máquinas?

- Nem.

- Nem os homens que estão lá?

- Nem eles, mas estão se esforçando muito.

Luizinho ficou em silêncio, pensando uma solução.

Marcelo, o mano de seis anos, entrou no assunto:

- Pai, será que eles se lembraram de puxar o freio de mão? Quando falha a trava do pedal a gente puxa o freio de mão, não é mesmo?

- Meu filho, eles já experimentaram de tudo.

- Mas, eu sei o que eles podem fazer para atacar o trem - falou, do seu cantinho, a pequena Júlia, de quatro anos.

- O quê? - perguntou, curioso, o pai.

- Botar um montão bem grande, mas bem grande, de areia nos trilhos, daí o trem tem que parar.

George e Míriam sorriram, sem muita vontade.

Luizinho achou que a idéia da Julinha não daria certo:

- Tu não vês que a areia escorrega? Tem que botar pneus, fardos de alfafa, coisas mais fortes, entendeu?

Neste momento, o vagão contorceu-se violentamente e quase saltou dos trilhos. Um susto geral.

- Santo Deus! - exclamou Míriam, apavorada, pegando na mão de George.

As três crianças correram a abraçar-se aos pais. Instinto de proteção.

Refeitos do susto, Marcelinho comentou:

- Esses malucos não sabem guiar o trem. Quase viramos.

- Estou com medo! - choramingou Julinha, aninhando-se no colo do pai.

- Bota pensamento positivo - aconselhou-a Luizinho.

- Bota onde? - perguntou a maninha.

- Na cabeça, ora.

- E a cabeça com pensamento positivo faz parar o trem? - quis saber ela.

Luizinho não se conteve:

- Não sabe que a força das pessoas está na mente? A gente pensa positivo e acontece.

- O milagre? - tornou Julinha.

- É - concordou Luizinho. - O milagre acontece de verdade.

- De onde é que vem o milagre? - insistiu a pequena.

- Da palavra que a gente diz - explicou Luizinho. - Quando você pede uma coisa, e reza, Deus atende. Jesus disse uma vez que aquele que pede, recebe.

- Então - concluiu Julinha - se a gente pede para o trem parar, ele vai parar. Vamos pedir?

Todos foram pegos de surpresa.

Luizinho foi o primeiro a falar:

- Eu concordo.

- Eu também - prontificou-se Marcelo.

O silêncio dos pais tornou-se um tanto quanto constrangedor.

- Pai - voltou-se o Luizinho - não acredita em milagre?

- Acredito - respondeu George, sem muita convicção.

- E tu, mãe, também acreditas em milagre?

- Claro.

- Então - entrou a pequena - vamos rezar a Deus para segurar este trem.

George e Míriam se entreolharam, sem saber o que fazer. Sempre foram muito positivos e, graças a esse estado de espírito, progrediram e vivem bem. Mas, nesta situação, em que aparentemente nada se podia fazer contra a força bruta da natureza, a fé estava um tanto murcha. Devagarinho, no entanto, a mente de

Míriam foi clareando e ela lembrou que Jesus dominou as forças da natureza quando acalmou os ventos e serenou as águas do Mar da Galiléia; naquela vez, era um barco que estava a perigo; agora um trem; rememorou, ainda, que o Mestre disse que quem tem fé tudo pode e que a fé remove montanhas. Com esses pensamentos, tomou a dianteira:

- Muito bem, vamos rezar.

- Começa, mãe! - apressou Julinha, querendo se ajoelhar.

O pai interveio:

- Não precisa ajoelhar, que nós vamos rezar com o coração e não com os joelhos.

- Divino Mestre Jesus Cristo - iniciou Míriam - tu disseste ''Vinde a mim vós todos que vos achais aflitos e sobrecarregados, que eu vos aliviarei''; pois, nós estamos aflitos com a situação do Expresso e corremos grande perigo. Alivia o nosso medo e o nosso sofrimento, acalmando a velocidade, segurando este trem, fazendo com que os problemas técnicos sejam sanados. Olha para nós aqui reunidos em oração em teu nome; defende a nossa vida, a nossa saúde e a nossa integridade; protege todos os passageiros e realiza o milagre de parar o Expresso. Nós acreditamos que ouves a nossa prece, porque asseguraste que todo pedido já contém o recebimento. Fortalece a nossa fé, para que assim seja de verdade. Amém.

- Amém - repetiram todos.

- Agora o pai - apontou Julinha para George.

George orou:

- Jesus, mestre todo-poderoso, antes de tudo queremos dizer que estamos com medo e pedimos tua proteção. Olha para o Luizinho, para o Marcelo, para a Julinha...

- E para a mãe também - interferiu a pequena.

- Isto mesmo, e para a mãe; olha para todos nós que viajamos neste Expresso e salva-nos. Salva-nos. Nós confiamos em ti. E contigo agora queremos pedir ao Pai Celestial por esta oração que nos ensinaste...

- Já sei - atalhou Luizinho - O Pai Nosso. Eu é que vou começar: Pai Nosso que estais no céu...

O murmúrio da oração foi chegando aos ouvidos das pessoas ao redor e, quando findou, era uma pequena multidão que se unia a eles. Puxaram ainda a ave-maria e o glória ao Pai, enquanto que no outro vagão a orquestra tocava Gros Ist Dein Name.

A ferocidade do Expresso apavorava cada vez mais os passageiros.

‘‘Atenção , senhores passageiros - voltou a falar aquela conhecida voz nos alto-falantes - ainda não foi possível sanar os problemas técnicos. Mas, estamos empreendendo todos os esforços, porque, afinal, é a vida de todos nós que está em jogo. Pelo menos uma consolação já temos: acabamos de bater todos os recordes de velocidade terrestre; daqui a pouco, passaremos a competir também com os aviões. Será fácil batê-los, porque ainda não conseguiram ultrapassar mil quilômetros horários, coisa que em breve atingiremos, se as máquinas continuarem colaborando dessa maneira. Desculpem as piadas: é que eu sou daquelas pessoas que acham que um morto triste é um triste morto. Meus amigos, se estiverem fazendo o testamento, não se esqueçam de mim: deixem um sapato velho para esta chata do serviço de som. Mas não se assustem , que nós vamos superar esta dificuldade; afinal, a fé remove montanhas e aqui está a melhor oportunidade para realizarmos esta façanha. Ajudem-me a remover a montanha que está à nossa frente e ficará mais fácil fazer parar o Expresso. Eu sei que todos querem ir para o céu, mas não precisamos ter pressa. Sim, porque a pressa é inimiga da perfeição e sem perfeição não se chega lá. Pois bem, falando sério, afastem de si objetos cortantes, tirem os sapatos, e se encolham no macio das poltronas. Os que puderem dormir ao doce embalo suave do vagão, podem dormir, que prometo acordá-los quando chegarmos em Balnesul; ou no Balnecéu.''

A moça do serviço de som esforçava-se para aliviar a tensão dos passageiros do já apelidado Expresso da Morte.

Na cabine cinco, o padre Luiz Alberto e Dom Silverdi mantinham-se em profunda meditação. Por certo, suas mentes espiritualizadas percorriam as dimensões do infinito, preparando-se para a visita pastoral ao Criador. Só que agora, diante da Suprema Divindade, não passavam de simples mortais, que teriam a vida devassada com lupa telescópica. Pelo menos, era isso que pregavam e, por via das dúvidas, nada melhor do que se precaver.

Luiz Alberto, mais descomprometido com o múnus da autoridade, procurava instintivamente diminuir o tamanho dos erros e clarificar ao máximo os acertos. As questões duvidosas deixava para depois. Lembrava, com muito orgulho, seus dez anos de sacerdócio, uma bela folha de serviço ao Mestre. Alinhava um cálculo otimista de missas, comunhões, batizados, casamentos, pregações, conselhos, bênçãos, filantropias, festas paroquiais, unções dos enfermos. Não esqueceu sequer de enumerar os retiros fechados que fez. Colocou na ponta as bênçãos aos doentes, que curaram tanta gente. Também assinalou com tinta grossa aquela vez que quase morreu afogado para salvar uma criança; ia mencionar a leitura do breviário, mas achou melhor deixar pra lá, já que há tempos abandonara tal prática; marcou os rosários rezados, mas sem dar muita ênfase . Uma coisa ótima de que se recordava foi a decisão de ser padre. Não achou de bom alvitre mencionar seu sonho de ser bispo, porque podia ser mal interpretado. Agora sim encontrou uma ação nota dez: aquela vez que construiu um asilo para crianças abandonadas; e citaria a palavra de Jesus: ''Tudo que fizerdes ao menor dos meus irmãos é a mim que o fazeis''. Momento muito gratificante que, segundo ele, devia constar na ficha da sua vida, foi a vez que perdoou a mulher que o caluniou, quase abalando a sua honra. Uma coisa que lhe acudiu à mente foi o apoio dado aos sem-terra quando invadiram a Fazenda Santa Ângela, mas ficou hesitante, sem saber se Deus pesaria a boa intenção de ajudar os abandonados ou a má ação de invadir propriedade alheia; bem, para evitar mal-entendido, cortou fora.

Por azar da sorte, enquanto recordava o maravilhoso acervo de belas ações, as coisas ruins formavam frente unida e marchavam contra a sua consciência. Tentava fechar as portas, alegando que Deus é misericórdia e perdão, mas elas insistiam em ter vez. Luiz Alberto forçava-lhes o recuo, dizendo que errar é humano. Mesmo assim, invadiam a sua memória pelas janelas da mente. Nas areias do seu coração, uma mão invisível escreveu: autoritarismo, impaciência, críticas por demais severas; violência contra outras religiões sinceras e honestas; três porres (até isso, Senhor?!); algumas decisões inconseqüentes; orgulho; severidade com os pecadores; excesso de ritualismo... ''Chega, chega, chega - gritou dentro de si. - Isso tudo é bobagem, comparado com o imenso bem que pratiquei.''

''De qualquer maneira - concluiu - peço perdão a Deus, a mim, e a toda humanidade pelos meus erros, amém.''

Dom Silverdi, muito severo consigo mesmo e demasiado escrupuloso com seus deveres, buscou, antes de tudo, seus erros, falhas, omissões e pecados, a fim de reconciliar-se mais uma vez com Deus. Sua piedade profunda não lhe permitia apresentar-se ao Criador sem a veste nupcial do banquete divino. Por mais que se tivesse empenhado na sua missão, sentia-se endividado com Deus. As falhas tomavam formas gigantescas e ele via-se pequeno demais para o acerto de contas com o Pai.

Reconhecia agora que dera o mesmo peso ascético tanto para o amor quanto para o temor de Deus. Talvez até tenha se preocupado mais com o castigo do que com a misericórdia divina, e isso pesava muito na sua balança espiritual. Nos seus vinte anos de sacerdócio e quinze de episcopado, procurou seguir ao pé da letra os ditames da Igreja, sacrificando, não raro, a sua própria verdade. Entendia honestamente que essa era a ordem das coisas e, como bom soldado de Cristo, cumpria. Mas, nessa hora gravíssima, com a vida por um fio, se perguntava se não poderia ter sido menos rígido. Vieram à mente sacerdotes que foram destituídos, ou colocados na geladeira, por não afinarem com sua Teologia e demorou-se longamente a analisar se não fora injusto ou exacerbado demais, porque, afinal, eram pessoas cultas, de boa vontade, que também seguiam honestamente seus critérios íntimos. E aquelas Religiosas que obrigou a superiora a demiti-las da Congregação, será que não houve resíduos de prepotência? Sim, havia desentendimento entre elas, mas como teria agido o Mestre? Condenou Pedro no dia da negação ou foi tolerante e compreensivo, à espera do arrependimento? Destituiu-o, ou o confirmou no cargo máximo da cristandade? Mas, o que mais martelava na consciência eram algumas leis que impôs à sua diocese e que agora não lhe pareciam tão cristãs, por exemplo proibição de rezar missa fora das igrejas.

"Será que não pretendi ser mais cristão que o Cristo?" - indagava-se.

"O Mestre - lembrou ele - orou no Jardim das Oliveiras, à beira do Mar da Galiléia, nos montes, e celebrou a sua única missa numa casa de família. E se eu for chamado a julgamento por impedir o povo de orar em qualquer lugar? Ainda mais a missa, que é a presença viva do Cristo! Possivelmente, eu tenha conseguido transformar a Igreja numa burocracia organizada, perfeita, sem defeitos e sem abusos, mas será que era isso que Jesus queria de fato?

Não queria o Mestre que os verdadeiros adoradores adorassem o Pai em espírito e verdade? O coração humano não é, acima de tudo, a casa do Pai?"

Agora sua mente aflita fazia as contas de quantas vezes milhares e milhares de pessoas deixaram de entrar em contato com o Cristo, por não irem às igrejas.

"Eu não fiz isto por fazer - justificava-se ele - e sim para dignificar a casa de Deus, determinar o ambiente de respeito que merece o Senhor, como também para que o rebanho tivesse um redil comum. De qualquer forma, há de contar muito a minha boa vontade e reta intenção.''

Nesta hora em que se encontrava a um passo da eternidade, tudo parecia assumir proporções descomunais, e a sua alma, reta e sensível, se angustiava:

''Reconheço que devia ter sido vagaroso em condenar e ágil em perdoar, mas o problema estava na dificuldade de identificar o lado certo de cada questão, porque geralmente as verdades têm dois lados. Saber onde situar a linha divisória entre tolerância e descaso, entre castigo e perdão, entre a defesa da verdade e o autoritarismo - era um nó górdio, difícil de desatar. Pode ser que eu tenha sido mais rigoroso que o próprio Cristo, que colocou o amor e o perdão acima de tudo. Mas, meu divino Mestre, peço perdão e prometo inspirar-me mais profundamente nas tuas pegadas, se me concederes o milagre de sobreviver a essa catástrofe iminente. Peço-te, Senhor, por mim e por todos que aqui estão: se possível, afasta de nós este cálice. Tu, que aliviaste a dor e o sofrimento de tanta gente, quando peregrinavas pelos caminhos da Palestina, olha para cada um que aqui está e poupa-nos desta tragédia! Tu, que vieste para que todos tenham vida e vida em abundância, compadece-te de nós e livra-nos de tantas lágrimas, tantas mortes, tantas desgraças, segurando este trem com tuas mãos divinas, generosas e abençoadas!''

CAPÍTULO 13

Extremamente preocupado, tenso e aflito, Pierre só pensava na sua adorada Gisele. Por um lado, fora uma graça não ter viajado com ele; mas, por outro lado, quanto falta lhe estava fazendo. Com as emoções à flor do coração, tinha muitas coisas que queria dizer-lhe. Queria lembrar tantos momentos felizes, como a primeira vez que se conheceram na Cascata das Águias, aquela tarde ensolarada em que ficou deslumbrado com a beleza da jovem e mais ainda com a sua irradiante alegria. O corpo bem talhado, porte elegante, cabelos cuidadosamente descuidados esparramando-se pelos ombros, os olhos da cor do céu, a voz agradável e solta, o espírito claro, a linguagem ora divertida, ora atenciosa, ora respingando a suavidade do seu coração. Gisele - paixão à primeira vista. Graças a Deus que ela correspondeu. A química mental, espiritual e física de um e outro se fundiu na unidade dos desejos e no prazer da convivência.

Pierre recordava, como se fosse hoje, aqueles momentos de trocas de gentilezas, a aproximação, os carinhos, o primeiro beijo, os encontros, as vezes em que calculava a hora e o quarteirão que ela percorria diariamente para simular um encontro casual. Na primeira vez que foram ao cinema, ela estava irresistível, linda como um pedaço de céu. Dava vontade de dizer-lhe milhões de coisas entre milhões de beijos. Para ajudar, o filme era um doce romance enluarado que, depois de muitas peripécias de amor, de prazer, de encontros e desencontros, terminou na marcha nupcial. Nessa noite, prometeram-se amor eterno, infinito, esplendoroso, inseparável. Era uma liga tão forte que até ameaçava sufocar. Realmente, este período não foi muito benéfico , porque cada um invadia a vida do outro, ocupava todos os espaços, nada mais existindo na face da terra. Como não podia deixar de ser, as áreas de atrito foram se tornando cada vez mais sensíveis e o namoro corria risco. Mas, aquela fase apaixonada trouxera lições memoráveis. Aprenderam muito. Passaram a trabalhar as emoções e os sentimentos; buscaram respeitar os espaços da individualidade; hastearam a bandeira da liberdade; e foram administrando a unidade na dualidade da melhor maneira possível. Recordava agora aquela vez que escalaram o Pico do Edelweiss e foram colhidos por inesperada tempestade de neve; graças a Deus que conseguiram chegar ao Refúgio da Gata Parda, onde se abrigaram confortavelmente: acenderam a lareira, puseram no fogo uma sopa gostosa e permaneceram longo tempo contemplando o abismo de neve que se expandia pela encosta abaixo; uma cena fantástica, como nunca tinham visto coisa igual. Em certo momento, ela, sem tirar os olhos da janela, comentou:

- Já imaginou o que seria de nós se não tivéssemos encontrado este Refúgio?

- Seríamos hóspedes oficiais de São Pedro - gracejei. E acrescentei: - Não quero nem pensar.

Gisele concentrou-se, por instantes, e pensou alto:

- Lá fora, a tempestade, a neve, o frio, a escuridão... Poderia ter sido uma terrível tragédia.

- O importante é que estamos aqui - disse-lhe.

- A verdade é que nascemos de novo e eu nunca deixarei de agradecer a Deus por este milagre. Fico refletindo o que seria de nós, da nossa juventude, dos nossos sonhos, do nosso amor, se a situação fosse outra, se estivéssemos perdidos na tempestade de neve. Estou emocionada com a bondade divina que nos colocou no caminho deste abrigo. Puro milagre. Veja ali fora a neve caindo como fiapos intermináveis de papel, o vento soprando forte, a natureza na sua fúria selvagem, o imenso abismo esbranquicento que se perde na escuridão e nós aqui neste Refúgio tranqüilo, quentinho, como espectadores dessa festa fantástica...

- Nós dois, uma cabana, uma cama, uma lareira e nosso amor! - poetizei, abraçando-a.

E recordava agora que o diálogo tinha sido interrompido, nesta altura, pelo cheiro da sopa fumegante e ambos se deliciaram com o prato mais saboroso do mundo. O que aconteceu depois, sob o crepitar da lareira, jamais esqueceria; ficara gravado para sempre no sétimo céu da sua memória.

Pierre sentia que estava vivendo, mais uma vez, um momento dramático e perigoso da sua vida, só que agora sozinho. Sua amada ficara em casa, e com certeza estava rezando para que acontecesse mais um final feliz.

" Meu Deus - orou silenciosamente - tu estiveste comigo naquela montanha tempestuosa e me acolheste num Refúgio confortável; tenho muita fé que também nesta situação encontrarás um refúgio seguro para mim e para todos os passageiros deste Expresso. Teu divino filho Jesus Cristo ensinou-me que tudo é dado a quem pede, por isso eu peço que o teu poder se sobreponha às forças descontroladas que estão desvairando este trem. Sei que meu pedido sincero, mais forte que o medo e a angústia, terá a resposta do recebimento. Sou jovem e quero vida em abundância. Divino Mestre, manda uma legião de anjos para nos proteger e nos conduzir sãos e salvos e felizes a Balnesul. Assim é e assim será. Amém".

Neste momento, fez-se ouvir novamente o serviço de som e aquela inconfundível voz feminina falou:

"Atenção, senhoras e senhores passageiros! Dentro em breve estaremos percorrendo um longo trecho em aclive e o Expresso abrandará levemente a velocidade. Mas não se arrisquem a saltar, porque o último que tentou, saltou com tanta força que foi bater com a cabeça na porta do céu. Diante do barulhão, apareceu São Pedro, conferiu o Livro da Vida e falou-lhe: "Você não está na lista de chegada, mas já que veio, ficará". O homem implorou que o mandasse de volta, mas São Pedro desculpou-se dizendo que isso era da alçada do Patrão lá de cima; que a função dele era apenas receber os chamados, conferir os atos e fatos da vida e encaminhar ao setor competente. O homem então exclamou apavorado: "Sujou o pesqueiro". São Pedro confirmou: "De fato, seu pesqueiro está sujo; sua ficha está mais para urubu do que para colibri".

"Outra coisa - continuou a voz - se alguém nunca rezou na vida, é bom que comece desde já. Acorde seu anjo da guarda e apele para todos os santos da folhinha, porque uma mãozinha lá de cima nesta hora fará muito bem pra tosse. Se você é devoto do Senhor do Bom Fim, chegou a vez de pedir-lhe que faça jus ao nome. Bom começo, nós lhes damos; o bom fim é lá com ele mesmo. E ponham pensamento positivo, porque, de um jeito ou de outro, teremos que fazer este trambejo parar, nem que seja na marra e no osso do peito. Obrigada pela desatenção".

A locutora estava bem-humorada, mas muito pouca gente descontraiu. Alguns risinhos amarelos, nada mais.

Apenas o barbudo das piadas, inveterado humorista, tinha vontade de pedir o microfone para dar uns conselhos inúteis. Diria assim, por exemplo:

“Diante do perigo, é melhor preferir a morte do que morrer”.

“Se tiver que morrer, morra cheio de dívidas, porque terá pessoas que sinceramente chorarão a sua morte”.

“Morrerei completo, porque fiz da vida uma comédia, do casamento um drama e da morte uma tragédia.”.

“Viajar para Balnesul é gostoso como caldo de galinha, só que agora o caldo pode entornar”.

“Todo Expresso que corre demais, chega mais cedo no céu”.

“Meu caro amigo, que viajas neste Expresso, sejas como melão maduro: bom por dentro e de bom aspecto por fora; apesar dos pesares”.

“Quer saber qual é a primeira coisa a fazer para chegar aos cem anos? Parar este trem.”.

“Se eu não disser nada, você pode suspeitar que sou doido; prefiro falar, para lhe tirar toda dúvida”.

“Se alguém não gostou do que eu disse aqui, me avise que terei o máximo prazer de repetir tudo de novo”.

O amanhecer campeava pelas montanhas, iluminando a vida, quando o helicóptero da Central Ferroviária sobrevoava a região de Belas Colinas, último resíduo da cordilheira.

O verde exuberante, aqui e ali entrecortado de afloramentos rochosos, era salpicado de casas brancas, com gado e ovelhas ao redor. As flores davam o ar da graça, colorindo os campos.

Mais ao sul, o Rio Correntoso se espraiava, caudalosamente, antes de desembocar no oceano.

Richard Frisson, o engenheiro destacado para examinar o sistema de freios do Expresso, contemplava pela primeira vez aquela paisagem pitoresca, do alto do helicóptero. Olhava a beleza do cenário, mas os seus pensamentos estavam concentrados nos perigos da sua arriscadíssima missão.

Jamais tivera este tipo de responsabilidade, e jamais a aceitaria, se não se tratasse da vida de seres humanos. Educado na religião cristã, possuía forte senso de solidariedade. Mesmo assim, titubeou seriamente antes de tomar a decisão. De um lado, pesavam na balança as ordens superiores, o emprego; de outro, pesavam muito mais a família, a esposa, a filhinha, a própria vida. Quando pensara em recusar a missão, uma voz interior lhe falou do risco de vida que corriam tantas pessoas, se a tragédia se abatesse sobre o trem. Muita gente perderia a vida, deixando um doloroso rastro de lágrimas e saudades em pais, mães, filhos, crianças, marido, esposa, amigos, parentes. Por longos momentos viveu este dilema cruel, até que se determinou fazer alguma coisa pelos passageiros do Expresso Balnesul. Era, sem dúvida, o maior especialista em máquinas de trem e jamais se perdoaria se sua omissão fosse causa do maior acidente da história ferroviária do seu país. Tinha que dar sua quota de sacrifício; só assim sentir-se-ia em paz consigo mesmo.

O helicóptero roncava firme sobre rochas, matas, colinas, aguadas, pequenas fazendas, algumas plantações. Há poucos instantes, passara sobre a ferrovia e Richard sentira calafrios; afinal, não era malabarista de circo, nem surfista de trem, nem sequer saltara de pára-quedas alguma vez na vida.

Bem que gostaria que esta fosse uma viagem turística, então sim poderia apreciar alegremente a grandeza bucólica do panorama. Os olhos acompanhavam o cenário que se descortinava, mas a mente recordava o momento de despedida da filhinha Yasmin, de quatro aninhos:

- Paizinho, aonde é que tu vais? - perguntou ela, abraçando-o pela cintura.

- Vou ajudar a salvar um trem.

- Eu posso ir contigo? - pediu a pequena.

- Não, esta vez não! - respondeu carinhosamente ele.

- Me leva, pai! - suplicou ela.

- Hoje eu viajo a trabalho, mas outra vez te levarei, está bem?

- Então, não demora, tá? - resmungou Yasmin.

- Espero que não - concordou ele, com um nó na garganta.

Naquele momento, sentiu agudamente a possibilidade de nunca mais voltar. Que fazer? Desistir? E se acontecesse a catástrofe do Expresso, como ficaria sua consciência pelo resto da vida?! O apito do automóvel que o esperava à porta da casa, fê-lo abreviar o sofrimento. Agora, a caminho da missão mais difícil da sua vida, novamente entrou em sofrimento só de imaginar a hipótese da sua morte e a dor da sua mimosinha e da esposa.

- Dentro em breve, chegaremos no ponto xis - avisou o piloto.

Ponto xis era o local de desembarque sobre a capota do Expresso.

- Vamos rever a operação - sugeriu Richard.

O piloto explicou:

- Sobrevoaremos a estrada de ferro perseguindo o Expresso até alinharmos com ele. No momento em que sincronizarmos com a velocidade do comboio, atingiremos o ponto inercial e aí você saltará da corda sobre a cobertura do vagão. A ponta da corda já estará no nível da cobertura, o que facilitará o translado.

- E depois? - perguntou Richard.

- Depois, só Deus sabe. Trate de acertar o pulo. É só. Prepare-se. Boa sorte.

O ajudante do piloto recebia contínuos comunicados da parte do Expresso, pondo-o a par da posição e velocidade do mesmo.

De repente, os tripulantes do helicóptero avistaram o Expresso e ficaram aterrorizados com a velocidade que desenvolvia. Dava a impressão de que a qualquer momento iria saltar dos trilhos.

O baldeamento deveria ocorrer no quilômetro 115, quando um longo aclive reduziria em muito a velocidade do Expresso.

O helicóptero passou a sobrevoar a ferrovia com os motores no máximo da velocidade. Mesmo assim, o Expresso passou como um bólido e tomou distância.

- Que bichinho apressado - resmungou o piloto.

No forte do aclive, finalmente o trem baixou a corrida, chegando a um limite razoável, que permitia o desembarque de Richard.

Sem perda de tempo, o helicóptero alinhou com o Expresso, mantendo-se a oito metros de altura.

Muitos passageiros acompanhavam a operação, debruçados nas janelas, torcendo por Richard.

Para complicar a situação, o trem acelerou repentinamente, distanciando-se cerca de cinqüenta metros. Parecia um touro xucro querendo fugir da morte.

- Mas eu te pego, seu doidão! - vociferou o piloto.

O trem corria desesperadamente, o helicóptero atrás.

Agora se aproximavam do melhor momento e notou-se nitidamente a diminuição da velocidade do comboio. O helicóptero alcançou-o.

Os passageiros, à janela, estavam confiantes.

- Prepare-se - gritou o piloto. - Ao chegar no topo da colina, você já deverá estar pronto para saltar na capota do trem.

- Estou pronto - avisou Richard.

- Agora! - berrou o piloto.

Richard firmou-se na corda e foi arriado até o nível do teto do Expresso. Daí por diante, era tudo com ele e seu anjo protetor. Devia dar o salto no momento preciso a fim de manter-se equilibrado no reduzido espaço da capota.

No Expresso, todos torciam pelo êxito da baldeação.

Na cabine da máquina principal, o Engenheiro Milan esperava ansiosamente o colega, para se entregarem à desesperadora missão de fazer parar o comboio. Se falhasse o desembarque, tudo ficaria por conta de Deus.

Richard estava a um palmo da cobertura do vagão, mas a corda girava perigosamente.

O Expresso começou a cansar e perder velocidade.

Richard chegou a tocar o vagão com o pé direito, mas entrou em desequilíbrio. Rodopiou e voltou a alinhar-se. Não podia mais perder tempo. O Expresso estava lhe dando a única chance: era o último lance do aclive. O topo. A hora do tudo ou nada. O ponto xis.

Num esforço sobre-humano de coragem, Richard sentou os pés no quinto vagão e soltou-se. Houve um dramático descompasso entre sua velocidade e a do Expresso. O engenheiro tentou firmar-se com todas as forças, cambaleou, caiu de bruços, e tratou de abraçar firmemente a cobertura do vagão, mas o impacto fora tão violento, que nada o deteve e acabou se despencando pela borda esquerda do vagão.

Um grito de horror ecoou no interior do trem.

Yasmin e a mãe, lá longe, na sala da casa, pediam a Deus pelo pai.

Afora alguns murmúrios orantes, o Expresso caiu em silêncio sepulcral. Os rostos pálidos, o pavor estampado nos olhos, desalento total, era o que se via nos vagões.

"Meus amigos - falou pelo serviço de som uma voz desconhecida - não tenham medo. A fé que remove montanhas protege um herói e faz parar um trem".

Nunca se soube quem havia falado.

Ultrapassado o cimo do aclive, o Expresso retomou velocidade, com fúria infernal.

Em dez minutos, passaria pela Estação Belas Colinas. Tudo já estava preparado para que seguisse adiante. Uma multidão incalculável de curiosos se aglomerava na plataforma e nos arredores para ver o Expresso passar. Uns, sorrindo de alegria pela expectativa de ver um espetáculo inaudito, um bólido da fórmula um ferroviária, o trem voador, o minhocão adoidado, e outros tantos apelidos que as mentes exacerbadas foram criando; outros, aguardando em silêncio, aflitos, pedindo a Deus pelos desditados que viajavam no Expresso.

A notícia do fracasso da tentativa de colocar no trem o especialista Richard Frisson correra mundo. Agora não havia mais esperança alguma.

- Pelo que dizem, não tem mais jeito - comentou o doutor Estevão Benesse.

- Tudo é possível àquele que crê - respondeu o padre Juliano Memphis.

- O senhor acredita que possa acontecer um milagre? - perguntou o médico.

- Quem não acredita em milagres, não acredita na vida - filosofou Memphis.

- Vamos ao caso concreto - desafiou-o Estevão. - Que tipo de milagre acha que possa acontecer no caso do Expresso?

- Só Deus sabe - respondeu o padre.

Ambos, encostados junto ao muro do terminal da Estação Belas Colinas, analisavam a situação de acordo com sua visão do mundo. O médico mantinha-se nos limites naturais da vida; o padre apelava para outras esferas mais sutis e sobrenaturais. Para o doutor, tratava-se de descontrole das máquinas, falta de freios, alta velocidade, impossibilidade de parar, impacto violento, morte; já para Memphis, além disso havia o poder da oração, a fé que remove montanhas, a mão divina, a força interior imanente em toda criatura humana, a ação sobrenatural, o milagre.

- Não está querendo demais? - cutucou Estevão. - Acha que Deus tem tempo para episódios que ocorrem neste planeta? Falam que existem mais de cem trilhões de estrelas e o senhor não acha petulância querer que Deus esteja atento a este minúsculo Expresso?

Memphis gostou do desafio:

- Deus criou o universo; sua presença é a vida e a realidade universal. Está tão presente em mim, em você, no comboio, como na estrela mais distante do cosmo. Porém, no seu ato criador, estabeleceu diversos níveis de vida. O ser humano, segundo a Bíblia, Deus o fez à sua imagem e semelhança, portanto com poder e sabedoria. Aí reside o dom do milagre. Quem não acredita em milagre, está diminuindo a dimensão humana.

Benesse aproveitou a preleção para jogar areia nas idéias do padre:

- Agora o senhor me deixou em dúvida. Quem é que faz o milagre: é o ser humano ou é Deus? Se é o ser humano, está na hora de parar este trem; se é Deus, está na hora de convocá-lo.

- Os dois - arrematou o padre.

- Como assim?!

- Os dois. O tempo de Deus fazer milagre sozinho terminou no sexto dia da criação. Nesse dia, para usarmos a parábola bíblica do Gênesis, criou um ser da sua própria espécie, com seu poder, e mandou-o continuar a obra da construção do mundo. Deus, portanto, age no homem através do homem.

- Espere aí - tentou pegá-lo o doutor. - Quer dizer que o homem manipula Deus?

- Acontece que, ao criar o ser humano à sua imagem e semelhança, Deus teve que lhe dar o dom da liberdade; sem liberdade seria impossível ser imagem divina. Pela liberdade, a pessoa não somente detém o poder, como pode exercê-lo a seu bel-prazer. Este pequeno detalhe é que faz a grandeza e a dignidade da criatura humana; a liberdade permite opções e estas dão valor e responsabilidade ao ato humano. Ao dar poder e liberdade, Deus arriscou-se demais; mas apostou na sua criatura e espera que use corretamente o poder, em seu benefício e em benefício da humanidade e do universo.

- Diga-me uma coisa: como é que o homem usa o poder de Deus? - apertou-o Estevão.

- Pela palavra interior - acentuou Memphis. - A palavra é o poder criador. O mundo foi criado pela palavra divina, pelo Faça-se. O ser humano também cria o seu mundo pela sua palavra, que, em última análise, é a palavra divina. O poder de Deus se manifesta pela palavra.

- Que palavra? - quis saber o médico.

- Palavra, neste caso, significa o pensamento expressado por qualquer forma, como idéia, desejo, oração, mentalização, imaginação, pedido.

Fazendo legítimo papel de advogado do diabo, Estevão voltou à carga:

- Não estará você querendo dizer que Deus é como boneco que age puxado pelos cordéis do pensamento?

Memphis sorriu complacente e argumentou:

- Deus criou as leis pelas quais rege o universo

e a humanidade. Quando você, por exemplo, usa corretamente as leis da eletricidade para fazer a lâmpada acender, não vai entender que Deus teve que vir pessoalmente acender a sua lâmpada. Simplesmente, Deus criou as leis e quem as usar de acordo com as premissas divinas, já estipuladas desde o início dos tempos, terá os resultados correspondentes.

Benesse estendeu o seu olhar ao longo da ferrovia, para onde devia apontar o trem, e perguntou:

- E o que é que tem a ver tudo isso com o Expresso?

- O milagre - lembrou o padre. - Significa que nem tudo está perdido. Resta o milagre; este existe e está ao alcance de qualquer pessoa.

- Que tal pedir que todos os anjos e santos do céu venham segurar esse comboio? - ironizou o médico.

- Como acontece o milagre, não se sabe; o que importa é que ele é possível. Certa vez, revelou o Mestre Jesus: "Quanto ao poder, quem tem fé tudo pode". Se tudo pode, obviamente pode parar o Expresso. A maneira como o trem parará, eis a substância do milagre. Porque este não significa rompimento da ordem natural das coisas, mas o modo admirável, incrível, como acontece a ordem natural. Por exemplo: o trem está desgovernado e vai passar aqui em velocidade extrema, incontrolável. Se a estrada de ferro se estendesse por uma longa planície, chegaria o momento em que, por inércia, o trem pararia; como não existe essa planície, e os freios não funcionam, o milagre fará o trem parar por qualquer forma inusitada. A fé que remove montanhas, faz parar um trem - concluiu o padre.

Um longínquo apito estridente fez os dois voltarem os olhos para o ponto onde surgiria o Expresso.

Subitamente, o comboio apontou ao longe, e alinhou furibundo na direção da Estação Belas Colinas.

O alvoroço foi grande e, em dois tempos, o Expresso rugia na frente da plataforma e passava como um raio. Dezenas de cabeças grudadas nas janelinhas dos vagões demonstravam aflição e pediam ajuda.

Parecia a nau dos condenados. O trem da morte.

CAPÍTULO 14

O doutor Girard estava prostrado. Lutara tanto na vida, usando todos os métodos possíveis e impossíveis, honestos e desonestos, para acumular a sua fortuna e agora ia tudo por água abaixo. Inicialmente, não suportava ter que perder esse fantástico patrimônio; agora, já conformado com a catástrofe financeira, pensava na própria vida. De nada lhe valeria ter sequer um par de sapatos, se daí a pouco morresse estraçalhado entre as ferragens do seu Expresso. Fim da vida, últimos minutos cravados no relógio, será que valera a pena viver só para o dinheiro, para ganhos e mais ganhos, para acumular contas bancárias e propriedades? Que sentido tinham agora? E a vida, que fizera da vida? Muito dinheiro, pouco amor, menos felicidade, nada de paz de espírito. Fora aquele o melhor caminho? Por que não dera mais chances aos seus desejos íntimos de felicidade? Por que não vivera mais intensamente as alegrias de cada dia?

Girard pensava profundamente o que nunca pensara na vida. Sentia-se como um grande idiota. Não soubera aproveitar os seus dias e agora estava com os minutos contados. Tarde demais.

Seus pensamentos vagaram pelo mundo dos sonhos perdidos e chegaram até sua casa. Pobre da sua mulher! Agüentara tantas ausências e irritações, com a promessa de que um dia tudo seria diferente. Que pena que esse dia nunca chegará! - exclamava-se ele.

"Minha pobre Liege - delirou, imaginando-se em casa - sinto muito não ter retribuído todo o amor e o carinho que você me deu. Sei que você sofreu muito comigo, porque meu coração era feito de papéis e mais papéis. Ao invés de estar ao seu lado, curtir a alegria da sua convivência e do seu carinho, afundava na papelada, sempre com contratos e negócios pela frente. Vejo claramente o tamanho da sua solidão. Esqueci-me de ser marido. Perdoe-me. Não vou prometer que de hoje em diante serei o melhor marido do mundo, porque o mundo está acabando para mim. Ao menos se você pudesse estar aqui para lhe dizer o quanto amo você e para lhe assegurar que, se sobreviver, mudarei de vida! Não, não vou telefonar para não aumentar seu desespero. Porque, afinal, você nunca deixou de querer bem a esse mal-agradecido. Seu espírito de tolerância subiu ao céu, tenha certeza, e Deus há de recompensá-la. Apesar de tudo, você era positiva e procurava amenizar meu desassossego com tiradas alegres e jocosas. Graças a Deus, você é o tipo que não esquenta a cabeça. Se a felicidade não vem de um lado, a procura em outro, tudo na santa paz de Deus. Lembra-se daquela vez que me pediu cinco mil dólares e eu reclamei: ''Cinco mil? Você sabe quanto vale um dólar?!'' E você respondeu, com aquele sorriso maroto: ''Claro que sei, por isso é que estou pedindo cinco mil''.

Sabe, agora estou me dando conta de que você é muito legal. Tem muito senso de humor, o que é uma qualidade essencial no casamento. Aquela vez que lhe contei que em certas regiões da Índia a mulher só conhece o marido depois de casar, você respondeu bem-humorada: ''Você acha que é só na Índia que isso acontece?'' Ainda bem que você tinha este espírito liberto e descontraído. Realmente, você era o meu tesouro verdadeiro e eu apenas enxergava os tesouros materiais. Sinto muito não ter colaborado para sua maior felicidade. Eu era um obcecado pelo dinheiro. Por que só percebo agora?''

Girard tinha a impressão de estar conversando pessoalmente com a esposa. O fato de nunca mais poder estar com ela, mordia duramente sua consciência.

Ao lembrar os dois filhos, sentiu um aperto no coração. Sempre pulavam de alegria quando chegava em casa, resmungavam quando saía, mas ele nunca tinha tempo para os pequenos. Sua filosofia era primeiro os negócios, depois a mulher e os filhos; afinal, para estes haveria todo o tempo da vida, podiam esperar. Só que o tempo acabou e ele não lhes deu nada de bom.

Carina, de sete anos, tinha enorme apego por ele, mas a enxotava pura e simplesmente, porque suas preocupações eram os negócios.

"Oh, minha princesinha - imaginava-a no colo - papai ama muito você. Prometo ficar mais tempo com você, brincar com você, passear com você. Como fui tão imbecil, que não curti esse mundo bonito que você é! Que coisa, até no dia do seu nascimento eu não saí daquele escritório. Só pensava em negócios, negócios e negócios. Você é o meu tesouro mais mimoso, pode ter certeza. Quando chegar em casa, vou mostrar que é verdade, está bem? E você, meu garotão Maurinho, venha cá que vou lhe dar um apertão nas bochechas. Não precisa mais choramingar quando entro e saio apressado, isto não vai mais acontecer. Vou até me fazer de cavalinho e vamos nos divertir a valer, combinado?"

Somente agora Girard percebeu que a realidade era bem outra.

Longe dos seus entes queridos, a caminho da catástrofe, reconhecia que a vida fora um blefe. Na verdade, não culpava a vida e sim a si mesmo. Porque, enfim, a vida nada mais era que caminho em branco: seria o que dela fizesse. E admitiu que fez dela um equívoco grosseiro.

Olhou no relógio e chegou à janela.

Súbito, veio-lhe à mente uma pergunta: Nada mais poderia fazer?

Intuitivamente, ligou para a Central Ferroviária de Andorinhas:

- Aqui é o Dr. Girard. Quero falar com o diretor, Dr. Charles Milot.

Dois minutos após, Milot atendeu:

- Alô, Dr. Girard, lamento o fracasso da operação-desembarque do nosso engenheiro.

- Nossa situação está dramática. Os minutos vão correndo, o Expresso também, e vejo que estamos na iminência da pior tragédia ferroviária.

- Estou realmente frustrado e angustiado, porque não sei mais o que se possa fazer - ponderou Charles.

- Então, a sorte está lançada? - afligiu-se Girard.

- Nem tudo está perdido, Girard. Tenha fé, que Deus é grande. Estou num sentimento muito grande. Essa desgraça me atingiu como um raio. Penso, penso em alguma solução e nada ocorre. Quem sabe, ouvíssemos os técnicos da Metalúrgica que construiu o Expresso? Oh, boa idéia! É o que vou fazer. Daqui a pouco falaremos novamente. Até já.

Sem dar tempo a qualquer consideração, Milot desligou.

Girard colocou vagarosamente o fone no descanso e sentiu, mais do que nunca, o peso da consciência. Não agira corretamente com Anatole e Belí. Sua atitude para com eles fora monstruosa, agora sentia-o com a agudez de uma facada. Como é que pôde ser tão insensível e indigno com seus fabricantes?! Por que essa loucura de negar-lhes o justo pagamento?!

"Meu Deus - exclamou para si mesmo - como é que pude ser tão desonesto?! E o pior é que nada mais posso fazer para me redimir de tamanha maldade."

O telefone tocou e Girard atendeu de imediato.

- Girard, sente-se para não cair. Você vai ouvir uma notícia incrível.

- Diga logo, Charles, que não agüento de curiosidade - apressou Girard.

- Você não acredita, mas Anatole Saliero, Antonio Belí e Ferrão são passageiros do Expresso.

- Não acredito! - espantou-se Girard.

- Estão aí em carne e osso, na cabine número sete.

- Não é possível! Não é possível! - exclamou Girard, numa confusão total de pensamentos.

- É claro que se algo pudesse ser feito, eles já o teriam feito. Mas não custa ouvi-los.

- Sim, sim, vou até eles - encerrou Girard. - Muito obrigado, Charles. Um abraço a você.

Desligou e deixou-se cair na poltrona , com o coração aos pulos e a mente tumultuada.

"Vou falar com eles. Se me agredirem? Mereço. Se me matarem? Mereço. Chegou a hora de me redimir. Eu não podia morrer com a consciência carregada. Eles precisam saber como estou arrependido. Precisam saber. Precisam saber".

Sem mais delongas, correu à cabine número sete.

Abriu a porta intempestivamente e entrou dizendo:

- Com licença, perdão, preciso falar com vocês. Não façam nada antes de me ouvirem. Por favor. Por favor.

Os três foram colhidos de surpresa e, antes que tivessem tempo de reagir, Girard confessou:

- Quero que me perdoem. Reconheço sinceramente que fui desonesto, mau, cafajeste, insensível. Estou profundamente arrependido. Eu não queria morrer sem que vocês soubessem da minha mudança e prometo, se nos safarmos dessa, pagar-lhes imediatamente tudo, com juros, mesmo que tenha que vender a minha casa.

Os três estavam boquiabertos.

- É mais uma farsa? - endureceu Belí.

- Podem acreditar em mim. Tive tempo de repensar minha vida e acertar as contas comigo mesmo. Sei que agora não adianta mais nada, mas eu lhes peço sinceramente perdão pelo mal que lhes fiz.

Saliero, como sempre, foi o primeiro a aceitar:

- Está bem, Dr. Girard. Acreditamos em você, até porque, nessa hora, não adiantaria mentir.

Belí, no entanto, espicaçou-o:

- E se sairmos dessa, quem garante que cumprirá a palavra?

Girard olhava para eles com olhos suplicantes, como se pedisse que, pelo amor de Deus, acreditassem na sua conversão:

- Quero reparar todos os erros cometidos. Não

só com vocês, mas também com outros a quem tenha fraudado. Vou dar mais valor à minha família. Vou ser outra pessoa.

Anatole cedeu e desejou de todo coração que Antônio Belí fizesse o mesmo. Afinal, abrandar o coração naquela hora, era uma boa recomendação no passaporte para a eternidade.

Belí lutava consigo mesmo. Boca de Chumbo continuava duro como pedra, com a mão no revólver.

Girard voltou a falar:

- Vocês têm toda razão de duvidar de mim e eu, nessa hora, infelizmente nada mais posso lhes dar que minha palavra de honra. Se imaginam que só um milagre poderia me fazer mudar, garanto-lhes que aconteceu. Tem mais: se quiserem ser meus sócios, com prazer trabalharei com vocês.

Belí fez explodir a última bomba:

- Girard, quer saber de uma coisa? Pois, fomos nós que sabotamos esse Expresso, como vingança. Queríamos que você fosse pelos ares com o fruto do seu roubo.

Girard implodiu.

Saliero acrescentou:

- Estávamos desesperados com a iminente falência da nossa Metalúrgica. Você não nos pagou e já não temos como solver as dívidas.

- Por isso, meu caro - acusou Belí - foram suas maquinações diabólicas que o farão arrebentar-se no meio das ferragens dessa porcaria.

Aterrorizado, Girard gaguejou:

- Vocês também querem morrer?!

- Estamos aqui por erro de cálculo. Não seríamos tão idiotas a ponto de estourar os nossos miolos por sua causa - declarou Belí.

Num relance, por obra de um mistério qualquer, a mente de Girard entrou em estado de lucidez e ele conseguiu ponderar:

- Estamos no mesmo barco. A caminho do fim. Ocorre que a causa dessa tragédia não existe mais: eu estou arrependido até a ponta dos cabelos e pagarei tudo que devo, amanhã mesmo, a vocês; como o pagamento imediato está garantido, a Metalúrgica navegará em alta prosperidade; logo, a penalidade que vocês me impõem perdeu a razão de ser. Será que não podemos fazer alguma coisa para deter o Expresso? Começaríamos nova vida e salvaríamos tantas pessoas, evitando aquele mar de lágrimas e sofrimentos que a tragédia causaria.

Os três sócios se olharam.

Saliero há muito tempo estava arrependido, mas era voto vencido; agora, tudo indicava que Belí se alinharia com ele e, então, Boca de Chumbo acompanharia.

Antônio Belí fixou Boca de Chumbo, que continuava impessoal, opaco, inexistente, e cedeu:

- Vamos ver o que podemos fazer. Ferrão, necessitamos dos seus conhecimentos técnicos. Acompanhe-me, por favor.

Saliero apressou-se:

- Eu também quero ajudar.

Sem perda de tempo, saíram às pressas.

Boca de Chumbo conhecia a máquina e o sistema de freios mais do que ninguém. O problema estava em saber se era possível reparar o compressor de freio.

Chegados à máquina principal, apresentaram-se a Milan:

- Somos os fabricantes deste Expresso e queremos revisar o sistema de freios a ver se encontramos alguma solução.

Milan não queria acreditar. Era bom demais para ser verdade. Só os céus poderiam ter trazido esses personagens, na hora mais crucial da viagem.

* * *

Quando Richard Frisson caiu do trem, o piloto do helicóptero sobrevoou o local até encontrar um espaço propício para aterrissar. Depois de algumas manobras, obteve êxito na operação, estacionando o aparelho a poucos metros do lugar do acidente .

Em poucos instantes, acudiram o engenheiro.

Richard, por sorte ou por graça divina, tinha caído numa densa ramada de arbustos, à beira da ferrovia. Afora pequenas escoriações, nada sofrera.

Recolhido ao helicóptero, o piloto insistia em

deixá-lo no hospital mais próximo, mas Richard garantiu que estava bem, por isso resolveram retornar à base de Andorinhas.

Foi cumprimentado efusivamente pela diretoria e pelo pessoal da Central Ferroviária e, então, conduzido à sua residência.

A pequena Yasmin e a mãe ainda estavam orando e pedindo a proteção de Deus para o pai, quando ele entrou são e salvo. A surpresa foi enorme e a emoção maior ainda.

Por longo tempo, ficaram abraçados, com lágrimas nos olhos e muita alegria no coração.

* * *

Na primeira máquina, a excitação era grande: nascera mais uma esperança. Apesar de os técnicos já terem envidado todos os esforços para reparar o problema, não deixava de surgir alentadora esperança.

- Por favor - falou Belí - tragam a caixa de ferramentas, aparelhagens e acessórios.

Em dois minutos, estava tudo à disposição.

Belí e Saliero olharam para Boca de Chumbo.

Ferrão, o Boca de Chumbo, retirou duas chaves e um pequeno aparelho, mais alguns acessórios e abriu o tampão que dava acesso ao equipamento de compressores e freios.

O estrago fora grande, maior do que imaginara.

O esquema que usou para descomprimir o freio, produziu um rombo além do previsto.

Belí procurou chegar mais perto de Ferrão e perguntou como estava a situação.

- Braba - respondeu ele secamente.

- Acha que tem solução? - insistiu Belí.

Ferrão encolheu os ombros.

Saliero chegou até a boca do tampão e quis saber:

- E daí?

- Estamos olhando - foi só o que disse Belí, para não tirar a expectativa do sócio.

- Precisam de ajuda? - ofereceu-se Saliero.

- Por enquanto não - respondeu Belí.

Boca de Chumbo desparafusava o bloco de aço em cujo interior deviam funcionar as válvulas que não reagiam mais.

Apoiado em duas travessas de ferro, tentava equilibrar-se o melhor que podia, enquanto as rodas rugiam assustadoramente à sua volta. Ainda bem que não havia solavancos, caso contrário poderia ser jogado para baixo do comboio, então sim somar-se-ia mais uma tragédia.

Às vezes, os defeitos de uma pessoa acabam se tornando vantagens. Era o caso do Boca de Chumbo: homem rígido, mais pedra que gente, frio - justamente esses defeitos agora significavam as qualidades mais necessárias para o trabalho que devia executar sob o piso da máquina, a poucos centímetros da morte.

Milan e os maquinistas aguardavam nervosamente qualquer notícia, mas Ferrão agia silenciosamente, tão silenciosamente como quando realizara a operação-sabotagem.

Belí encorajava o companheiro e Anatole não sabia o que fazer para ajudar os dois sócios.

- Preciso de um metro de mangueira TS 43. Tem na repartição inferior da caixa de ferramentas - falou Ferrão, enquanto desmontava uma secção de injetores.

Belí avisou Saliero, que foi à caixa e trouxe a mangueira.

Ferrão apontou para as duas bocas de cano e pediu que Belí desmontasse os restos ainda pendurados para, em seguida, fixar a manga.

Enquanto isso, Ferrão ajustava o equipamento de compressão, as válvulas e o sistema de fluxo e refluxo de ar.

O trabalho era duríssimo, a posição incômoda e as loucuras do trem dificultando ao máximo o empenho de Ferrão. Mas, lá estava ele, sem alma, sem sentimento, como se fosse mais uma peça daquela máquina destemperada.

De quando em quando, um turbilhão de pó de brita ameaçava desequilibrar o homem.

Belí estava conseguindo, a duras penas, firmar as braçadeiras que juntavam a mangueira aos canos.

- Estou conseguindo - alegrou-se Belí.

Saliero não se continha:

- Veja, Belí, se há algo que eu possa fazer.

- Há - respondeu Belí.

- O quê?

- Rezar ao santo padroeiro dos freios-a-ar-comprimido para que nos dêem uma mãozinha.

- Deve ter muita gente invocando Deus, Nossa Senhora e todos os santos - descontraiu Saliero.

Ferrão já fechava o bloco de aço. Apenas um detalhe importante o deixara em dúvida. Mas não havia tempo a perder e nem enciclopédia a consultar.

- O que está feito, está feito - resmungou ele, firmando o aparelho fortemente com as braçadeiras que restavam.

Belí avisou:

- Meu trabalho também está completado.

Saliero afastou-se do tampão; Belí saiu, seguido do companheiro.

Dirigiram-se para o painel da máquina e tentaram a sorte.

Ferrão regulou o sistema para absorver o impacto da freagem.

Devagarinho, foi girando o botão dos freios. As máquinas só reagiram quando o ponteiro alcançou o ponto máximo.

Como que tomadas de surpresa, as máquinas sentiram a contraforça e estertoraram convulsivamente, causando reações em todo o trem. As rodas faiscaram rebeldes, os compressores chiaram desesperadamente, mas conseguiram conter o ímpeto do comboio.

Saliero, Belí e Milan estavam com toda adrenalina, numa tensão de estourar o coração. Era a chance. Aí estavam os segundos mais longos da história da ferrovia. Os dados foram lançados. Ou tudo ou nada.

Boca de Chumbo continuava com chumbo na boca.

As máquinas corcovearam sob as patas de ferro para segurar a velocidade compulsiva do comboio. Travava-se a mais feroz luta entre as forças da natureza. Mas a fera estava sendo domada. A continuar assim, a salvação estaria próxima.

Momentos terríveis, como acontece após gravíssima cirurgia, quando o médico avisa que os próximos minutos serão decisivos para a vida do paciente.

Os passageiros perceberam que algo estava acontecendo. Parecia que Deus tivesse metido os pés celestiais na trava do comboio e os anjos o segurassem pelo menos um tantinho assim.

As cabeças se levantaram e vasculharam os vagões e as pessoas, na expectativa de alguma notícia alvissarreira.

- Alguma coisa está ocorrendo - alertou Arnoldo, olhando para fora.

- Parece que o Expresso diminuiu a velocidade - concordou Lucília.

- Exatamente - confirmou o moço. - Também, com tanta oração e mentalização, até as forças da natureza teriam que ceder.

Lucília voltou-se para Arnoldo:

- Acha que o ser humano tem poder sobre as forças da natureza?

- Tem, porque já teve. Esse poder tem se manifestado desde as mais remotas eras. Moisés, por exemplo, abriu as águas do Mar Vermelho para que seu povo o atravessasse a pés enxutos.

- Por falar nisso - sorriu Lucília - existe aquela piada de que quando Moisés viu-se diante do Mar Vermelho, perseguido pelos exércitos egípcios, pediu que Deus resolvesse a situação e Deus lhe disse: ''Está bem, vou atendê-lo, mas duas coisas vão acontecer: a primeira é que vou abrir as águas para você e o povo passarem em seco.'' ''E a segunda?'' perguntou, afoito, Moisés. ''A segunda - disse Deus - é que você vai ter que se explicar direitinho com os ecologistas e provar que não afetará o meio ambiente.''

Arnoldo gostou da piada e continuou:

- Jesus acalmou a tempestade, os ventos e as águas, certa vez, no Mar da Galiléia, quando viajava de barco com os discípulos.

- Jesus era Jesus.

- Sim, mas ele disse que aquele que tiver fé faria as obras que ele fez e faria obras maiores ainda. Aliás, diz a Bíblia que Deus, ao criar o ser humano, determinou que presidisse a obra da criação e dominasse em toda terra. Dominar a terra é ter poder sobre ela.

- Você parece um professor. Onde aprendeu tanta coisa? - surpreendeu-se Lucília.

Arnoldo sorriu satisfeito. E completou:

- Aí está a chave. A mesma fé que remove montanhas, segurará este trem. Concorda que é possível?

Lucília acenou que sim.

Na verdade notava-se que o Expresso estava sendo subjugado.

O barbudo, sempre atento a tudo, ao perceber que o trem acalmava a velocidade, exclamou:

- O danado está criando juízo!

Um senhor, que estava ao seu lado, brincou:

- Com aquela velocidade, íamos parar no céu.

O barbudo aproveitou:

- Dizem que uma vez morreu um sujeito e foi condenado ao inferno. Diante do desespero do infeliz, o secretário de São Pedro tentou acalmá-lo sugerindo que escolhesse o inferno brasileiro, que era o melhor de todos. O homem não entendeu a proposta do secretário, porque sempre soube que inferno é inferno, um só, e quente pra burro. Mas, o secretário segredou-lhe: "Existe o inferno norte-americano, que funciona totalmente computadorizado, aquecimento perfeito e permanente; existe o inferno europeu, que funciona dentro dos melhores padrões científicos, carburantes de primeira, caldeira de alta resistência; e há o inferno brasileiro, que o aconselho, porque lá nunca tem combustível, a caldeira não funciona, os diabos estão sempre de greve e o governo não faz nada".

Neste instante, a incorrigível voz feminina, do serviço de som, voltou a se comunicar com os passageiros:

"Senhoras e senhores, informamos que o Expresso diminuiu a velocidade porque a decolagem não foi possível, por falta de teto. Dizem que Expresso que corre demais chega mais cedo no céu; como nenhum passageiro avisou que tem pressa de chegar na Estação de São Pedro, Portal da Eternidade, resolvemos diminuir a velocidade, para dar tempo a que o ar entre nos vagões e a gente possa respirar. Os cavalos das máquinas estão de freios puxados e tudo indica que a carroça vai parar em tempo. Os rezadores podem dar um pouco de descanso aos seus santos padroeiros, porque..."

A voz não terminou a frase quando se ouviu um estrondo que se seguiu de tremores em todos os vagões e o Expresso voltou a correr desabaladamente.

Na máquina número um, o desânimo estava estampado no rosto de todos. Ninguém ousava perguntar o que aconteceu. A máquina quase descarrilou com a explosão.

Milan olhou para Saliero, que olhou para Belí, que olhou para Ferrão. Fez-se um silêncio gritante, de doer o corpo todo.

Boca de Chumbo não passava de uma estátua sombria. Impassível. Por dentro, no entanto, analisava o fato e concluía que a causa estava naquele detalhe que o deixara em dúvida.

Milan tinha os olhos presos na rachadura do

piso da máquina. Saliero fechou os olhos, morrendo interiormente. Belí, mais prático, esperava por Ferrão.

O Expresso, alheio a pensamentos e sentimentos, vociferava cada vez mais, devorando trilhos como dragão insaciável.

Ferrão, sem dizer palavra, abriu o tampão e meteu a cabeça para ver os estragos.

- Quero ver quem pode mais - rosnou ele.

Ficou intermináveis momentos mergulhado em si, completamente fora do mundo. Raras vezes chegava a este estágio de alta concentração, mas, quando acontecia, odiava ser acordado ou interrompido. Para muitos, tratava-se de um processo de alienação; para ele, era o caminho da genialidade. As grandes idéias e as grandes soluções sempre as encontrou nessa região mais profunda. Já não ouvia barulho, não enxergava as pessoas, nem mesmo a máquina. Era uno com sua reflexão. Ninguém ousou tirá-lo da compenetração. Belí e Saliero sabiam muito bem que daí poderia sair a solução definitiva.

Como que voltando a si, Ferrão foi à caixa de manutenção, retirou um metro de manga TS43, um metro de manga TS48, alguns apetrechos, acessórios, chaves, colocou tudo numa bolsa a tiracolo, com exceção das mangueiras que entregou a Belí. Este entendeu que lhe competia voltar ao mesmo trabalho.

O sistema de compressão de ar estava pior impossível. Nada, porém, abalava o ânimo de Ferrão.

Persistência e resistência eram forças inatas nesse estranho homem.

Entregou-se ao trabalho com a calma e eficiência de quem está desmontando e montando um brinquedo.

Belí tinha a incumbência de colocar uma mangueira dentro da outra e ligá-las fortemente nos dois canos de engate. Sabia que não podia falhar. A posição incômoda feria-lhe o peito e as pernas, mas não tinha tempo para queixar-se.

O doutor Girard, depois daquele entendimento com os donos da Metalúrgica Saliero Belí e Cia, voltou ao seu vagão e atirou-se no sofá do seu gabinete particular. Não tinha coragem de acompanhar pessoalmente o trabalho dos três sócios. Ficaria extremamente nervoso e isso em nada contribuiria para o êxito da operação.

Procurou descansar, mas não conseguiu. Pelo menos, agora tinha a satisfação de estar em paz consigo mesmo. O resto ficava por conta do Infinito. Há pouco, tinha realizado a proeza de rezar e isso lhe dava a certeza de que sua vida realmente tinha mudado.

Quando o Expresso conteve a velocidade, ficou radiante. Olhou pela janela e viu a paisagem tomar outro colorido. Seu coração pulava de alegria, feito criança. Relembrou a família, imaginou a felicidade da esposa quando percebesse sua revalorização existencial e começou a sorrir sozinho.

De repente, o Expresso entrou em convulsão, sacudiu-se bruscamente e soltou-se em desenfreada disparada.

Girard desconsolou-se.

O telefone tocou.

- Alô - atendeu Girard, sem entusiasmo.

- Alô, Dr. Girard, aqui é da Central Ferroviária. Estamos mandando uma máquina a ver se consegue acoplar com seu vagão e desconectá-lo. Se conseguirmos, o senhor estará salvo.

Girard ficou mudo.

- Alô, Dr. Girard, está me ouvindo? - tornou o engenheiro-chefe da Central Ferroviária.

- Estou - conseguiu murmurar Girard.

Charles Milot insistiu em voz bem alta, supondo que Girard não o ouvia direito:

- Dr. Girard, já está a caminho uma máquina muito ágil e vigorosa que tentará engatar no seu vagão e libertá-lo do comboio. Não será fácil, em primeiro lugar, alcançar o Expresso; em segundo lugar, realizar a conexão; mas queremos esgotar todas as possibilidades.

- Eu prefiro que, ao invés de salvar apenas um vagão, façam a máquina tentar segurar o comboio todo - declarou Girard.

- Não há a mínima possibilidade - acentuou Milot.

- Então, suspenda a operação - encerrou Girard. - Não quero ser privilegiado. Todos os passageiros são, por assim dizer, meus hóspedes e não posso abandoná-los. Agradeço sua boa vontade, Milot.

- Está bem, Dr. Girard. Saiba, no entanto, que

também estou sofrendo essa situação e peço a Deus que faça qualquer milagre.

A conversa parou por aí.

Girard queria acreditar em milagre, mas sua mente não estava afeita a esse tipo de crença. Filho de imigrante, seu dicionário tinha praticamente duas palavras: dinheiro e trabalho. Seu pai, que chegara ao país há cinqüenta anos, erguera um fabuloso patrimônio, fruto de luta, garra, trabalho selvagem. Deu duro, comeu o pão que o diabo amassou, sobreviveu, cresceu, prosperou e acumulou respeitável fortuna. Girard herdou a garra do pai e acrescentou a ambição desmesurada, simbiose que não deu boa coisa. Mas, isso são águas passadas, pensava ele. Este sacudão existencial foi a melhor coisa que podia acontecer-lhe. Seus antepassados eram muito religiosos; apenas o pai saíra com espírito aventureiro e, ainda jovem, abalara-se para outras terras em busca de riquezas. Jogado num mundo desconhecido, teve que se agüentar sozinho. Batalhou como um desgraçado, até que conseguiu vencer na vida. Nunca se interessou por educação, estudos e religião. Sua vida tinha uma única via: trabalho. Girard, criado nessa mentalidade, saíra ao pai. Agora, dando-se tempo para reflexão profunda, penetrou seu subconsciente e alcançou as distantes regiões dos antepassados, aflorando nele o espírito religioso, a generosidade, a paz, a boa vontade, a retidão. O milagre estava aí: chegar até esse território perdido e inseri-lo nas dimensões atuais da sua vida. O drama do Expresso foi o pivô necessário para a maravilhosa transformação.

CAPÍTULO 15

O Expresso voltou a recuperar sua velocidade. A vida de todos continuava por um fio.

Mas os trechos piores já tinham sido ultrapassados.

O mundo inteiro acompanhava o drama do Expresso Balnesul. Oito televisões estavam a postos no terminal da Estação Balnesul.

Ao longo da via férrea multidões esperavam a passagem do trem.

Faltavam apenas duzentos quilômetros, que, segundo cálculos, deviam ser vencidos em pouco mais de hora.

Em Balnesul, aproximadamente vinte mil pessoas se acotovelavam, principalmente na estação e no terminal. O trabalho de policiamento tornara-se sumamente difícil. Ninguém queria perder de vista o desfecho do caso.

Inúmeros boatos circulavam pelo povo, uns dizendo que um grupo de bandidos havia assaltado o Expresso e o deixaram desgovernado; outros aventuravam a hipótese de sabotagem; outros mais divulgavam que se tratava de terrorismo; os mais exaltados diziam que a situação fora provocada por rivalidade de traficantes de cocaína.

Os noivos da cabine um, de mãos dadas, murmuravam juras de amor eterno. Iam casar dois dias depois, em Balnesul, e tinham medo que seus sonhos doirados se desfizessem em qualquer curva da ferrovia.

Viviam a plenitude do amor, do carinho, do envolvimento afetivo, e agora estava tudo marcado para o casamento e a lua-de-mel, em clima de sol, de alegria, de festa e de felicidade. A Suíte Barroca do Oásis Pálace Hotel os esperava com flores, mensagens, presentes, champanhe e decoração especial.

Sentindo frêmitos de felicidade, com os carinhos que Marco lhe fazia, Marine exclamou:

- O amor é a mais linda invenção de Deus.

- E você - sorriu Marco - é a mais linda invenção da humanidade.

Marine beijou-o e disse:

- O amor é um sonho.

- A vida é um sonho - completou o noivo - Tomara que não acabe nesse trem.

- O que importa é que estamos juntos, unidos na vida, no amor, no corpo, no coração, na mente, em tudo.

A jovem abraçou-o fortemente e acrescentou:

- Cada minuto de vida para nós tem a dimensão da eternidade.

Marco envolveu-a docemente e sussurrou:

- Por isso, nosso mundo não tem limites; transcende o tempo e o espaço. O amor é o único milagre da unidade em todas as dimensões da vida.

Marine acariciou-o nos cabelos e revelou:

- Só sei dizer que amo, amo, amo você.

O moço beijou-lhe o pescoço, depois os olhos, e deixou que o coração transbordasse:

- Tenho vontade de pegar você no colo e sair pelos jardins, pelos prados, pelas campinas a cantar que a vida é amor...

- E que o amor é a festa da vida - murmurou, em êxtase, a noiva, deixando-se acariciar pelo amado do seu coração.

Um longo e fervoroso beijo fundiu os lábios, os rostos, os peitos e entrelaçou as pernas. Razão tinha a Bíblia quando disse que o amor comete o milagre de transformar dois seres em um só. Eles sentiam essa verdade no coração, na mente e no corpo. Já não havia mais lugar para o vazio do espaço e nem para o peso da matéria. Para eles, tudo era nada. Nem sequer o trem existia. O próprio corpo tornara-se mente, que se tornara coração. E os dois se envolveram na luz feérica do celestial, do transe, do êxtase.

As mãos, os lábios, os seios, as pernas já não tinham vida própria: eram a sinfonia. Impossível pensar nos instrumentos quando a música toma os domínios da sensibilidade. Não existem mais as notas, os bemóis e sustenidos, existe apenas a melodia.

O dueto fluía do suave ao agitato, do allegro ao maestoso, do adágio ao prestíssimo, para usar a linguagem da música.

Marco e Marine nunca sentiram vibrações prazerosas tão fortes como nesse momento, talvez pela adrenalina do perigo que corriam. Nem a morte poderia acabar com essa imanência infinita que os transportava ao paraíso do inespaço.

Os seios da jovem, tocados com mãos amorosas, intumesceram como dois sóis irradiantes de luz, a luz que era absorvida pelos beijos, enquanto ela se deixava arrastar pela correnteza da sensualidade.

O ritmo dos toques, dos beijos, dos afagos, dos abraços, fazia os dois curtirem o supremo paroxismo da felicidade. As exclamações, os arroubos, os frenesis, as vozes desconexas, tudo era nada e nada era tudo nessa avalanche irresistível. Qualquer falar era intraduzível no idioma dos mortais. Os dois subiam e desciam alucinadamente na montanha-russa do prazer. Só Deus mesmo, com sua imaginação infinita, podia ter inventado essa loucura divina. O Criador devia estar, neste momento, contemplando os dois com o melhor sorriso de satisfação.

''Atenção, senhores passageiros - entrou no ar a famosa voz do serviço de som - o nosso cavalo continua fogoso e indomável, mas uma equipe técnica está refazendo todo o sistema de freios do Expresso, a ver se consegue segurar os dentes desta fera. O restaurante está funcionando e é uma boa oportunidade para tirarem o atrasado aqueles que fazem dieta. Nessa hora, um chocolate a mais não faz diferença; até as gorduras do churrasco podem ser bem-vindas nesta situação. Se sairmos dessa, e é certo que vamos sair, basta caprichar no regime, que o peso voltará à quilometragem normal. Ao invés de ficar aí de mau agouro, que tal dar uns pulinhos na boate? Lembre-se que a vida é hoje, aqui e agora; e hoje, aqui e agora nós estamos numa boa, viajando em velocidade de fórmula um, sob um céu azul com bolinhas da mesma cor. O resto é conversa pra boi dormir. Obrigada''.

Marco olhou para a noiva e sorriu:

- Tive uma idéia.

- Só uma? - brincou ela. - Você é homem de mil idéias.

- Mas esta é genial.

- Então, diga - animou-o ela, com enorme curiosidade.

- A moça do serviço de som tenta descontrair os passageiros, mas todos sabem que a situação é de perigo iminente. Dentro de uma hora, este trem chegará no terminal de Balnesul. Só temos, pois, uma hora de sim ou de não. Vamos casar aqui no Expresso?

- Querido, você está com medo de uma tragédia?

- Não, estou apenas querendo casar aqui no Expresso. Assim, aconteça o que acontecer, estaremos unidos nesta vida e em qualquer outra que pintar.

A noiva abraçou-o e comentou:

- Quanto ao perigo, Deus dará um jeito. Mas, a idéia de casar neste Expresso, acho romântica, original, diferente, sensacional, inesquecível.

- Muito bem, vamos procurar os padrinhos, que viajam neste trem, para estarem conosco na cerimônia.

Marine ajeitou a roupa e preocupou-se:

- Que cerimônia?

Marco não deixou por menos:

- Vamos contratar a orquestra, os cantores, achar um padre, e fazer tudo nos conformes.

- Afinal - riu Marine - além de ser a primeira vez que casamos, será o primeiro casamento feito no Expresso Balnesul. Um acontecimento para a posteridade.

Saíram para tomar todas as providências.

* * *

Boca de Chumbo fazia o seu trabalho de desmontagem e montagem total da aparelhagem compressora de freio com atenção redobrada, porque lhe sobrava apenas esta chance.

Girard telefonou para Saliero desejando muita sorte; que Deus iluminasse Ferrão e Belí e os anjos os protegessem.

Para Anatole, não havia mais dúvidas de que aí estava realmente outro homem. Já não fora a tragédia que fizera Girard criar juízo, mas um milagre dos céus.

Belí empenhava-se fundo na sua parte relacionada com a interconexão das mangueiras. Dessa vez, a resistência à pressão violenta do ar seria coadjuvada pela mangueira superior. O problema maior consistia em firmar, com insuperável segurança, os terminais das mangueiras. Sabia que Ferrão tinha trabalho duro e difícil pela frente, por isso entregou-se à sua tarefa com calma e muita atenção.

Parecia impossível que Boca de Chumbo pudesse agüentar tanto tempo naquela posição sacrificada. De vez em quando, nuvens de pedriscos o atormentavam, mas ele resistia com a dureza de uma estátua de concreto. Sua maior qualidade era a capacidade de concentração. Quando embarafustava pelas profundezas da mente, nem um raio o despertaria; e se o despertasse, por certo ele aplicaria um soco no bojo da faísca elétrica. Este dom de concentração aguda trazia-lhe duas grandes vantagens: uma, que o colocava em contato com a sabedoria interior, cósmica, universal; outra, que o subconsciente assumia o corpo, livrando-o do cansaço e da dor. Nesta situação de quase transe estava Ferrão, neste momento.

Belí, às vezes, desviava os olhos para o Boca de Chumbo e quedava-se perplexo diante da extrema delicadeza de certos gestos sutis, necessários para a reposição de válvulas e minúsculos contrapinos, molinhas, arruelas. Havia uma série de plaquetas de bronze, que o homem conseguia, com maestria invejável, acoplá-las em ordem milimétrica.

‘‘Ferrão - pensava Belí - é o homem certo no lugar certo. Colocá-lo num microfone, ou num balcão de loja, seria o supremo sacrilégio. É daqueles excêntricos sábios que se enfiam pelos canais de um assunto e só saem de lá quando tudo estiver de acordo com o projeto. O físico Newton era um desses; Thomas Alva Édison era outro. Trouxeram importantes inventos e descobertas para a humanidade. Graças a Deus que é Ferrão quem está aí, enfurnado entre as ferragens da máquina, porque nele eu levo fé.’’

Foi acordado do seu devaneio quando a máquina deu forte guinada para a esquerda, quase despejando Boca de Chumbo.

Aproveitou para perguntar ao companheiro:

- E aí, Ferrão, como é que está a coisa?

- Andando - foi só o que disse.

CAPÍTULO 16

Girard foi avisado do casamento e deu todo apoio, até porque ajudaria a mudar os ares taciturnos do ambiente.

A cerimônia seria nos espaços do restaurante.

A orquestra estava a postos, executando, neste momento, o Hino à Alegria, de Beethoven.

Os padrinhos reuniram-se em torno de uma mesa atoalhada de branco, com muitas flores e dez velas acesas.

Alguns jovens trouxeram incenso que, no fogo, emitia odor místico e solene.

Até o longo tapete vermelho ocupava o espaço central do corredor por onde passariam os noivos.

Por sorte, descobriram um sacerdote no segundo vagão. De espírito aberto, mente positiva, alta compreensão da sua missão, o padre Elmo de Césaris aceitou o convite e lá estava preparado, de alva branca, estola com a legenda ‘‘Vim Para Servir’’, livro de liturgia à mão.

O trem colaborava com o momento, porque a

longa reta da via férrea permitia equilíbrio nos vagões.

Uma pequena multidão, sabedora do acontecimento, apinhava-se nas laterais do tapete.

Marco e Marine retiraram das malas as vestes nupciais e se preparavam a rigor, ajudados por uma cabeleireira, encontrada por acaso.

Marine já tinha colocado seu belíssimo vestido branco, rendado de amarelo, com pequenos ramalhetes de flores sobressaindo de tanto em tanto, debrum doirado, e mirava-se vaidosamente no espelho. A cabeleireira queria puxar-lhe os cabelos para trás e amarrá-los em amplo coque, mas Marine sempre detestou este tipo de penteado e pediu cabelos soltos, caindo em cascata pelos ombros, com elegante moldura sobre a testa. A grinalda de flores amarelas, que circundava a parte superior da cabeça, deu um toque de princesa à noiva. A maquilagem, sem exageros, (porque a moça era bonita por natureza), tornou-a mais linda que a Cinderela dos contos de fadas. Ainda faltava colocar a larga faixa com filetes de ouro e o véu que se expandiria desde a cabeça, como misterioso cometa.

Marco já estava pronto, em seu traje de gala. Embora recém tirado da mala, não se percebia nenhum amarrotamento. O tom gris, com leves traços mais escuros, completou a beleza e a elegância do noivo. Os sapatos lustrosos e as meias combinavam com o terno. A gravata e a camisa, requintadas, estavam como manda o figurino. O rosto bonito, as sobrancelhas acentuadas, os cabelos no melhor estilo.

Olhou-se mais uma vez no espelho e avisou a noiva que iria esperá-la no local da cerimônia.

À porta da cabine dos noivos, os filhos de George e Míriam aguardavam, na maior faceirice, para fazerem o papel de pajens.

Minutos depois, feitos os últimos retoques, Marine informou que estava pronta.

A orquestra perfilou-se para a execução da Marcha Nupcial, de Wagner.

O padre foi avisado sigilosamente que, em meia hora, o Expresso estaria em Balnesul e a cerimônia teria que terminar bem antes, para o caso de emergência.

De repente, o borborinho e as exclamações de admiração anunciaram a chegada da noiva.

Para surpresa geral, estava sendo conduzida pelo Dr. Girard, dono do Expresso, que gentilmente acedera ao convite.

A orquestra irrompeu a Marcha Nupcial, num maestoso de encher os olhos de lágrimas.

Marine caminhava lentamente, sorrindo carinhosamente para os assistentes.

Ao se aproximar, Marco foi recebê-la. Beijoulhe a face, enquanto o público aplaudia.

O sacerdote avançou para diante dos noivos, saudou-os em seu nome e em nome de toda cristandade, e iniciou a cerimônia, acompanhada atenciosamente por todos.

Na liturgia da palavra, padre Elmo citou o evangelho segundo São João: ‘‘Disse Jesus a seus discípulos: Eis o meu mandamento: que vos ameis uns aos outros como eu vos amei. Não há maior amor do que dar a vida por seus amigos...Eu vos escolhi para irdes e produzirdes frutos e vosso fruto permaneça. Então, tudo que pedirdes ao Pai em meu nome, ele vos dará’’.(Jo, 15, 12-16).

Fechou a Bíblia, colocando-a sobre a mesa, e falou:

‘‘Queridos noivos Marine e Marco.

Amai-vos - disse o divino Mestre.

A vocês dois, queridos noivos, não é preciso dizer ‘‘amai-vos mutuamente’’, porque foi o amor que os trouxe aqui; é preciso apenas pedir que este amor renasça cada dia em vocês, tão lindo e extasiante quanto uma criança nos braços da mãe.

O amor é a essência do casamento; e a essência do amor é a felicidade. Enquanto existir amor, existirá felicidade e enquanto existir felicidade, existirá casamento, sem dúvida, porque esta é a lei da vida.

Vocês transbordam amor. Todos sentimos que os dois corações pulsam na mesma unidade. Aí está a plenitude do casamento, como revelou o Mestre: ‘‘Os dois serão um só’’.

O amor faz a unidade; e a unidade amorosa faz o prazer da convivência.

Nossa oração, diante do Pai Celestial, é para que ambos permaneçam neste amor.

Notem que não é o amor que pode ir embora; vocês é que podem abandonar o amor. Esta é a questão. Porque, se ficarem no amor, este realizará o perene milagre da felicidade.

Ezra Pond escreveu, certa vez: "O que amas de verdade permanece; o que amas de verdade não te será arrancado; o que amas de verdade é tua herança verdadeira".

No amor está a luz; na luz está Deus; em Deus está o poder; então, tudo que pedirem ao Pai, ele lhes dará.

Para vocês, queridos noivos Marco e Marine, o primeiro e maior pedido é a união.

E nós pedimos, ao Pai Celestial, que esta união não tenha apenas a duração de alguns minutos, para logo acabar em trágico acidente.

Todos juntos, unidos na prece e na emoção, suplicamos agora ao Pai, em nome de Jesus, que sejam superados os problemas deste trem e possamos festejar o milagre da vida, felizes e saudáveis, por muitos e muitos anos.

Assim é e assim será, porque Ele disse: "Tudo o que pedirdes ao Pai, em meu nome, Ele vos dará". Amém."

- Amém! - disseram em coro todos os presentes.

Agora os dois deram-se as mãos e, enquanto a orquestra interpretava suavemente o intermezzo da Cavalaria Rusticana, de Pietro Mascagni, o noivo falou:

"Eu Marco, te recebo, Marine, por minha mulher e te prometo ser fiel na alegria e na tristeza, na saúde e na doença, amando-te e respeitando-te todos os dias da minha vida''.

Em seguida, a noiva olhou nos olhos do seu amado e falou emocionada:

''Eu, Marine, te recebo, Marco, por meu marido, e te prometo ser fiel na alegria e na tristeza, na saúde e na doença, amando-te e respeitando-te todos os dias da minha vida.''

Todos bateram palmas, com largos sorrisos de felicitações.

O sacerdote abençoou as alianças e pediu que um colocasse no dedo do outro.

A orquestra iniciou os acordes da Ave-maria de Gounod, que foi brilhantemente cantada pelo tenor Henry Tízermen.

A emoção sensibilizou o coração de todos.

Sintonizados na fé de que a oração tudo pode, uniram-se aos enlevos místicos da canção de Gounod.

Quando os últimos acordes silenciaram, o trem também abrandou a sua ferocidade. Tinha-se a impressão de que o Expresso fora tocado no seu coração férreo e se convertera. Ninguém sabia explicar porque o Expresso estava mais calmo, em ritmo normal, a velocidade dentro dos padrões.

Na primeira máquina, quando Ferrão girou os controles do freio e as máquinas reagiram a contento, todos deram o hurra mais feliz da face da terra.

Abraçaram-se, entre lágrimas, e ergueram Ferrão até o teto, na mais espontânea e alegre demonstração de agradecimento e carinho.

Pela primeira vez, ao que se tem notícia, Ferrão sorriu, ainda que por milimétricos segundos.

Os passageiros, que há horas debruçavam-se nas janelas, com os olhos vidrados de pavor, agora abanavam felizes até para as borboletas.

Os que oravam, passaram a agradecer.

No restaurante, todos aguardavam, na mais incontida felicidade, o término do Aleluia, de Haendel, para se abraçarem efusivamente.

Girard se antecipou e proclamou: "Meus amigos, a festa agora é por minha conta."

Os garçons apressaram-se a servir whisky, champanhe, frios, coquetéis, doces e tudo o mais que havia disponível.

O padre Luiz Alberto que, por desejo de Dom Silverdi, fora assistir a cerimônia, no anonimato, voltou bem impressionado com a religiosidade, o respeito e a mística espiritual que se criara, embora na improvisação de um vagão. A preocupação do Bispo de que a cerimônia se transformasse em mero espetáculo, não aconteceu; pelo contrário, estabeleceu-se o melhor ambiente de oração.

O serviço de som entrou pela última vez no ar:

"Senhoras e senhores passageiros, viventes e sobreviventes desta incrível viagem. Entre mortos e feridos se salvaram todos. Não havia nada que se preocupar, pois estávamos apenas praticando o esporte da velocidade. Agradecemos a honrosa presença e esperamos tê-los novamente conosco em breve, e muitas vezes, porque o Expresso Balnesul brinca, exagera, mas sempre entrega todos felizes para sempre na gloriosa estação de Balnesul, ponto final da viagem. Boas férias e me queiram bem que não custa nada''.

Nem bem terminou de falar e o Expresso encostava suavemente na Estação Balnesul, onde a maior multidão de todos os tempos fora apreciar a chegada.

Marco desceu carregando Marine no colo.

No coração de cada passageiro ouviu-se novamente, com a maior nitidez, aquela mesma voz misteriosa que falou no trem:

''Jamais esqueçam que a fé, que remove montanhas, faz parar um trem. Acreditar no milagre é acreditar na vida''.

OUTRAS OBRAS DO AUTOR

O PODER INFINITO DA SUA MENTE

287ª EDIÇÃO

(192 páginas)

Lançado em 1980, é um dos maiores best sellers do Brasil.

O autor ensina as pessoas a usarem as forças interiores, para resolver os problemas e alcançar os grandes objetivos da vida.

O PODER INFINITO DA ORAÇÃO

65ª EDIÇÃO

(184 páginas)

Aqui, você vê a oração como força infinita que cura doenças, soluciona problemas, abre caminhos, realiza o milagre, evita acidentes, acalma o espírito e protege no perigo.

(Lançamento: 1988)

CONHECE-TE E CONHECERÁS O TEU PODER

20ª EDIÇÃO

(184 páginas)

A melhor e mais completa obra de auto-conhecimento, analisando a dimensão total do ser humano: corpo, mente, espírito, divindade, coração emocional, paranormalidade e a interação com a humanidade, com o universo e com Deus. (Ano de Lançamento: 1991)

AS REGRAS DA FELICIDADE

15ª EDIÇÃO

(160 páginas)

Apresenta os 32 princípios essenciais que formam o caminho simples e seguro para você viver a felicidade que sempre buscou.

Leia este livro e dirá que a vida é realmente uma festa.

(Ano de lançamento: 1992)

VOCÊ TEM O PODER DE ALCANÇAR RIQUEZAS

40ª EDIÇÃO

(222 páginas)

Eis o caminho da riqueza, o mapa da mina, a chave do Tesouro Infinito. De forma simples, clara e fácil, os 10 passos para você conseguir tudo o que deseja da vida.

O trabalho constrói; o pensamento enriquece.

(Lançamento: 1986)

OS PODERES DE JESUS CRISTO

38ª EDIÇÃO

(278 páginas)

Obra maravilhosa. Capítulos: Chegou a era de Jesus – Fenômenos que marcaram o aparecimento de Jesus – As fontes dos poderes de Jesus – A manifestação dos poderes de Jesus – Métodos de cura usados por Jesus – A fé é o mais poderoso método de cura – Os fenômenos paranormais ou sobrenaturais – Profecias e predições do futuro – Jesus transmite os seus poderes.

(Lançamento: 1982)

SÓ O AMOR É INFINITO

18ª EDIÇÃO

(272 páginas)

Este é o ROMANCE que você nunca esquecerá.

Uma história cheia de ternura, de idealismo... de conflitos, de paixões e de generosidade.

No campo da literatura – é obra-prima. Adquira hoje mesmo e certifique-se.

(Lançamento: 1988)

O PODER INTERIOR

65ª EDIÇÃO

(102 páginas)

Você percorre 40 dias no deserto místico de si mesmo, para alcançar a saúde física, mental, emocional e espiritual, assim como a alegria de viver e a felicidade.

(Lançamento: 1982)

O PODER DO JOVEM

70ª EDIÇÃO

(128 páginas)

Fantástico para a juventude. Leva o jovem a enfrentar a vida com fé, com otimismo, com segurança e com a firme certeza das suas qualidades e do seu sucesso. Resolve os problemas que mais angustiam o jovem, tornando-o vitorioso na vida, na profissão, no amor, em tudo. (Lançamento: 1982)

A CURA PELA PALAVRA

46ª EDIÇÃO

(220 páginas)

A Cura Pela Palavra é uma força todo-poderosa, capaz de libertar você de doenças e dificuldades.

Lembre-se que você também tem o poder de realizar o seu próprio milagre.

(Lançamento: 1984)

O PODER DA INSPIRAÇÃO

30ª EDIÇÃO

(90 páginas)

Neste livro, Lauro Trevisan publica poesias maravilhosas, todas elas encerrando mensagens positivas, de poderosa energia vital.

(Lançamento: 1982)

OS OUTROS PUDERAM VOCÊ TAMBÉM PODE

34ª EDIÇÃO

(204 páginas)

O título já explica o conteúdo. Depoimentos de pessoas que alcançaram a cura de doenças e a solução dos seus problemas financeiros e de amor e o caminho para você conseguir o mesmo.

(Lançamento: 1985)

PÉTALAS DE VIDA

23ª EDIÇÃO

(116 páginas)

Cada página contém uma mensagem sábia e poderosa, em forma de versos, com ilustrações coloridas.

(Lançamento: 1982)

PENSAMENTOS DE VIDA E FELICIDADE

32ª EDIÇÃO

(88 páginas)

Coletânea de pensamentos positivos, extraídos de programas radiofônicos realizados por Lauro Trevisan na Hora da Ave-maria.

(Lançamento: 1981)

AS CRIANÇAS QUE FIZERAM O TEMPO VOLTAR

17ª EDIÇÃO

(110 páginas)

Esta é mais uma obra infantil, lançada em 1984. Enorme sucesso. É uma história gostosa, cheia de encantamento e de maravilhosos ensinamentos positivos para a criançada.

NO REINO DA PATA LECA

15ª EDIÇÃO

(80 páginas)

Este livro colorido é um encanto para a garotada. Escrito em versos simples e fáceis, letras grandes, conta uma história fascinante, que tanto vem agradando a criançada.

(Lançamento: 1982)

VIAGEM A DOIS PLANETAS

16ª EDIÇÃO

(60 páginas)

Uma linda e preciosa mensagem através de uma história. Os dois planetas da mente são percorridos, numa nave estranha. Você está habitando um destes dois planetas interiores.

(Lançamento: 1980)

O HOMEM SÓ

16ª EDIÇÃO

(32 páginas)

Polé detestava o mundo e as pessoas, pois achava que eles eram o seu inferno.

Fugiu para as montanhas a fim de livrar-se dessas desgraças. E aí aconteceu algo de memorável na sua vida. Leia e você descobrirá o segredo da vida.

(Lançamento: 1980)

ENCICLOPÉDIA MALUCA

18ª EDIÇÃO

(142 páginas)

O riso é o dom maravilhoso que só existe na criatura humana. O riso é o elixir da vida.

Rir – dizem os cientistas – é ainda o melhor remédio. Lauro Trevisan dedicou-se, nesta obra, a uma aventura gostosa: fazer você rir.

(Lançamento: 1980)

PODE QUEM PENSA QUE PODE

35ª EDIÇÃO

(128 páginas)

As duas maiores descobertas da humanidade: primeira, que existe um Poder Infinito no âmago do ser humano; segunda, que este poder é acionado pelo PENSAMENTO. Não deixe de ler este livro. Vai ensinar-lhe a livrar-se das depressões, do estresse, da pobreza e de tantos outros males.

(Lançamento: 1982)

O SEGREDO DA OUTRA VIDA

17ª EDIÇÃO

(72 páginas)

Quem não sofreu a dor da perda de um ente querido?

É um livro de 72 páginas, letras grandes, 30 ilustrações, que você lê em 15 minutos. Adquira-o, pois ele falará por você, quando falharem as palavras diante do sofrimento de quem parte e de quem fica. (Lançamento: 1989)

UMA HISTÓRIA DE AMOR

11ª EDIÇÃO

(80 páginas)

Uma linda história de duas crianças, que moravam no alto de uma montanha, e esperavam o Papai Noel naquele Natal. Só que ele avisou que não tinha o nome daquelas crianças na sua lista e, por isso, dessa vez, não poderia chegar lá. Aí aconteceu um milagre.

Ilustrações coloridas, letras grandes.

(Lançamento: 1980)

SABEDORIA DE CADA DIA

25ª EDIÇÃO

(200 páginas)

Esta é uma obra útil e prática, contendo 180 meditações positivas, extraídas da sabedoria interior, capazes de levantar o astral e criar energias poderosas para o dia-a-dia.

É apresentado em 3 modelos: simples, semi-luxo e luxo, este com capa de couro.

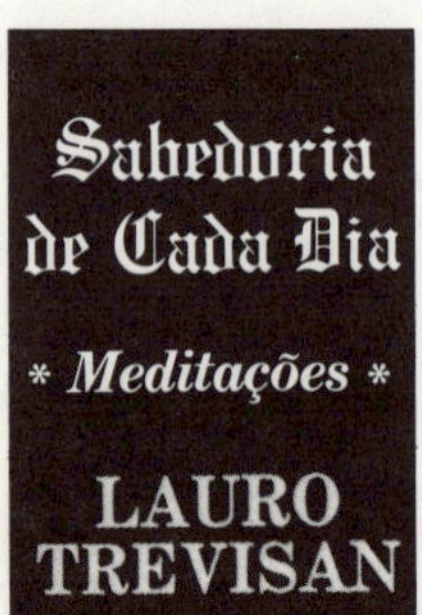

LIVRETOS COLORIDOS

SEJA FELIZ: Não busque a felicidade longe de você! Ela está dentro de você.

AMOR: Ame essa criatura maravilhosa que é você!

NÓS DOIS: Quando o AMOR criou o mundo, criou NÓS DOIS.

VIVER A VIDA: Erga um brinde à vida! Ela é tudo que você precisa para ser FELIZ!

SORRIA: O sorriso é a ponte mais linda que liga você ao outro. Bem sugestivo para um presente. (40 páginas)

AQUÁRIUS A NOVA ERA CHEGOU

20ª EDIÇÃO

(126 páginas)

Este é o livro do Terceiro Milênio.

Lançado em janeiro de 1991, exerce irresistível fascínio sobre o público, porque traz uma visão fantástica e profunda sobre a Nova Era que está nascendo.

A VIDA É UMA FESTA

20ª EDIÇÃO

(156 páginas)

Mostra ao ser humano que a vida não é luta, nem sofrimento, nem renúncia – mas sim uma linda festa.

Ler este livro significa reencontrar o paraíso, perdido em meio às preocupações, desenganos, equívocos e preconceitos.

(Lançamento: 1991)

JESUS – PRECURSOR E ANUNCIADOR DA NOVA ERA

11ª EDIÇÃO – (184 páginas)

LAURO TREVISAN, um dos mais profundos e respeitáveis estudiosos da NOVA ERA, traz, nesta obra, a GRANDE VERDADE, que empalidecerá os fanáticos e abrirá os caminhos da humanidade do presente e do futuro.

Impregnado de intuição, vidência e sabedoria.

(Lançamento: 1993)

LIÇÕES POSITIVAS

15ª EDIÇÃO

(176 páginas)

Em Lições Positivas, LAURO TREVISAN, com seu estilo bem-humorado, oferece mensagens que ajudam a resolver dificuldades, problemas e sofrimentos, e mostram o caminho simples e fácil do sucesso, da saúde e da felicidade.

(Lançamento: 1993)

OTIMISMO & FELICIDADE

(Lançamento: 1994 – 160 páginas)

11ª EDIÇÃO

Mostra que o otimismo e a felicidade são qualidades essenciais para uma vida bem-sucedida. É preciso ser feliz para viver plenamente o dia de hoje e é necessário ser otimista para assegurar o sucesso de hoje e do futuro.

O PRÍNCIPE QUE QUERIA CASAR

5ª EDIÇÃO

Nesta história gostosa, para crianças de 7 a 70 anos, desfilam as famosas princesas dos contos de fada, aguçando a agitada fantasia infantil. Um sucesso. Em cores. Formato: 28 x 21 cm.

A FÉ QUE REMOVE MONTANHAS

(Lançamento: janeiro/95)

10ª EDIÇÃO

Estupendo!
A fórmula definitiva daquele poder que move montanhas, cura doenças, produz milagres e tudo alcança.

LANÇAMENTOS
– Lauro Trevisan –

K7 e CD – Poesias para uma vida melhor
Mensagem: "Palavra de Cura" (poesia impressa)

FITAS-CASSETE

Ref.

501 - Relax com programação positiva / Mensagem para o amanhecer

502 - Mensagem para nervosos / Para viver feliz e com sucesso

503 - Programa de cura

504 - Jovem de sucesso

505 - Criança sadia / Jesus e a criança.

506 - Em busca do amor / Mensagem do amor

507 - Casal feliz.

508 - Liberte-se das preocupações / Nervosismo

509 - Relax para gestante / Conversando com o nenezinho

510 - Ame e viva / Perdoe e seja feliz

511 - Liberte-se da insônia / Descanso no lago azul

512 - Para deixar de fumar / Emagreça pela mente.

513 - Liberte-se das bebidas / Viver com saúde e feliz

514 - Vença os seus medos / Seja seguro de si

515 - O poder da riqueza / Mergulhe no mundo da riqueza

516 - A cura pela mente / Mentalização da saúde total

517 - Acabe com o stress / Livre-se da angústia

518 - A cura da depressão / A vida é uma festa

519 - II Festival Festinvita (músicas do II Festival)

520 - Poesias para uma vida melhor (lançamento em K7 e CD)

PALESTRAS (em fita K7)

531 - Realize Seus Sonhos / Você Pode

532 - Aquárius / A Nova Era Chegou

533 - Alegria / A Vida é Uma Festa

534 - Conhece-te a Ti Mesmo / Você é Comunhão Universal.

CONHECE-TE
A TI MESMO
Ref. 806

ALEGRIA
ENERGIA NECESSÁRIA
E PODEROSA
Ref. 809

VOCÊ EM COMUNHÃO
COM TODO UNIVERSO
Ref. 808

UMA COLEÇÃO PARA VOCÊ EM FITAS DE VÍDEO

A VIDA
É UMA FESTA
Ref. 804

PALESTRAS
(GRAVADAS AO VIVO)

AQUÁRIUS
A NOVA ERA
CHEGOU
Ref. 803

CONGRESSOS DA MENTE
- A NOVA ERA CHEGOU -

I SÍNTESE
1991
Ref. 801

II SÍNTESE
1992
Ref. 805

III SÍNTESE
1993
Ref. 811

FESTIVAIS
FESTINVITA

I O REINO
FESTINVITA
1991
Ref. 802

II FELICIDADE
É COMUNHÃO
UNIVERSAL
1992
Ref. 807

III
SER COMO
AS CRIANÇAS
1993
Ref. 810

IV VIAGEM NO
BARCO FESTINVITA
PELOS SETE MARES
DA VIDA FELIZ
1994
Ref. 812